锋──芒──文──丛

亲 人

QINREN

马兵 ───────── 主编

山东文艺出版社

图书在版编目（CIP）数据

亲人 / 马兵主编 .—济南：山东文艺出版社，2020.3
ISBN 978-7-5329-6066-8

Ⅰ. ①亲… Ⅱ. ①马… Ⅲ. ①中篇小说—小说集—中国—当代②短篇小说—小说集—中国—当代 Ⅳ. ① I247.7

中国版本图书馆 CIP 数据核字 (2020) 第 021359 号

亲　人

马　兵　主编

主管单位	山东出版传媒股份有限公司
出版发行	山东文艺出版社
社　　址	山东省济南市英雄山路 189 号
邮　　编	250002
网　　址	www.sdwypress.com
读者服务	0531-82098776（总编室）
	0531-82098775（市场营销部）
电子邮箱	sdwy@sdpress.com.cn
印　　刷	山东新华印务有限责任公司
开　　本	850mm×1230mm　1/32
印　　张	8
字　　数	156 千
版　　次	2020 年 3 月第 1 版
印　　次	2020 年 3 月第 1 次印刷
书　　号	ISBN 978-7-5329-6066-8
定　　价	45.00 元

版权专有，侵权必究。如有图书质量问题，请与出版社联系调换。

锋芒文丛·序

　　不知不觉，新世纪文学已经走过了20个年头。遥想百年之前，"五四"新文学正攻城略地，以确定富有现代性内质的文学样态的合法性。其时的新文学"如初春，如朝日，如百卉之萌动，如利刃之新发于硎"，锋芒所向，旧文学几难以布阵。百年倏忽而过，今日的中国当代文学虽然完成了初步的经典化，但相比于漫长渊深的古典文学而言，依然还在成长的旅途中，依然时时迸溅热情炫目的青春之光，依然有着属于这个时代的凛冽和耀眼的锋芒。为了全面呈现当下中青年小说家的创作实绩，向海内外介绍中国当下小说的多元与活力，我们特编选《锋芒文丛》，共分6辑，精选60后到90后40余位优秀小说家的中短篇小说，以飨读者。

　　我们的编选遵从如下几条原则：其一，虚构与想象的激情。在"非虚构"所带来的压力的反激之下，虚构的热情和信心其实又被暗暗激活。其实，就对生活的塑造和映照而言，虚构的力量未必比非虚构标榜的真实、客观在强度上就要差多少，关键是小说家如何借由虚构在更大的意义上完成对时代的总括或者提炼。好的小说家可以凭借不凡的体验、洞察、叙事和想象力，深度介入并阐释我们这个日新月异的时代，在全球化的语境中呈现中国本土文学的叙事智慧，致力于现代汉语的美学实践。

其二，叙事的智性和生长性。对于今天的小说家而言，一个足够好的故事通常不再意味着跌宕起伏的情节和有饱满性格的人物，而是为开放性的阐释提供足够的发展空间与无限可能。因此，我们收录的作品，即便小说家擅长操纵故事，吸引读者，也不会再去展示一种无缝隙的闭环的叙述，因为这种叙事仅仅是对听故事的人已经知道的东西进行了强化，今天的好故事要提供一种生长性。

其三，"属己"与"属世"的平衡。一个好的小说家理应是一个既具有"在地性"的关怀视野又能在更大的文化层面中反思"在地性"写作问题的写作者。那如何处理"在地性"与更广阔的时代经验的平衡？有的作家通过写本土故事寓言化地折射，有的作家通过返乡的叙述模式制造"在地"与"他乡"的互动，有的作家通过异乡人冷冷观照全人类，有的作家通过超验与彼岸看经验与此岸。在我们提供的小说中，小说家处理的是自己和自己的遭遇，而指向的往往是恒久的人和我们共在的情境。或者说，这是一种阿甘本意义上的"同时代性"，"这种关系既依附于时代，同时又与它保持距离"。

期待《锋芒文丛》的"锋芒"能劈开生活沉滞的暗角，让我们共同感受属于文学的锐利！

马 兵

目 录

刘建东《丹麦奶糖》 001

魏 微《姐姐》 072

斯继东《禁指》 089

黄咏梅《父亲的后视镜》 119

双雪涛《大师》 142

曹 寇《母亲》 163

孙 频《在阳台上》 202

郑 执《蒙地卡罗食人记》 220

丹麦奶糖

刘建东

开车经过大门口,门卫曲辰挺直腰板,恭敬地向我的车行了一个军礼。看到他,我突然想到了皮包里放了几天的那盒丹麦奶糖,便摇下车窗,从包里拿出那盒糖扔给他。那是个精致的圆形铁盒,上面印着最著名的美人鱼雕像。他诚惶诚恐地接过去,又行了一个军礼。

这盒奶糖是数天前收到的。寄件人那一栏是空白,没有姓名和地址。外包装上全是英文,我拿出英汉词典,研究了半天,才明白是产自丹麦的奶糖,随手把它放在包里。时常会有这样的情况,莫名地会接到一些茶、土特产之类,往往很快就有人短信或者微信告知,这是他的一番好意。一般我都会笑纳。可一连几天，这盒奶糖却一直无人认领，这倒出乎意料。

我把奶糖交给了曲辰，我相信，这二十年里，他没有见过外国糖果，他一定喜欢北欧的口味。曲辰其实是我的大学同窗，大学时期我们志同道合，情如兄弟。这一年，因为成就突出，我开始享受政府特殊津贴；这一年春天，曲辰刚刚告别监狱。

一个多月前，我和肖燕站在监狱门口，看着曲辰从大铁门里出来，产生了某种错觉，像是回到了二十多年前，我和肖燕站在兰州大学的门口，看着最后一个豪迈地走出大学校门的曲辰。那个时候，在即将踏上社会的曲辰眼里，世界就像是一个等待他去收割的广袤的田地。时光流转，此刻的曲辰明显苍老了许多，颓废了许多，他看上去要比我大五六岁，抬头纹像是被刀子随意刻上去的。阳光其实并不强烈刺眼，他却下意识地眯起眼睛。我们相互拥抱，并流下了相对复杂的泪水。

在车上，我寄语曲辰，"出来了就从头再来，好好混出个人样。"

肖燕一反常态，"先别说理想和未来，先解决吃饭穿衣问题吧。"

曲辰吐了一路，把胆汁都吐出来了，其间，我们还把车停在路边，等着他还神。他说他看见自己的魂儿被这辆汽车带走了，他蜡黄着脸，摩挲着车的座椅，问我这是什么牌子的汽车，他好像记得他们监狱长就有一辆这种汽车。肖燕告诉他是迈腾。曲辰感叹说，他进监狱前坐过的最好的车是桑塔纳。他问我，现在还有没有这款车。我拍拍他摇晃的身体，"老曲，还有。

不过二十年，时代还是这个时代，没有任何变化。"

实际上，在随后的生活中，曲辰会日益感觉到，对他来说，这句话不过是安慰他而已。

1989年夏天，我们仨从兰州大学毕业后，一起分配到石家庄工作，他的梦想就是做一名无冕之王。他的梦想是最早实现的，他得到了命运之神的垂青，按他的意愿被分到电视台做新闻记者。他生命中最闪光、最值得骄傲自豪的，都集中在最初的那几年时间里，他拼命地工作，努力地付出，经常加班加点，很快他就脱颖而出，成了电视台的主力，年纪轻轻就做了新闻部的副主任。更让我羡慕不已的是，没两年他就神秘地向我们宣布，他恋爱了。那个叫孟夏的姑娘经常在电视屏幕里出来，主持《影视大世界》。他嘚瑟得要命，对我和肖燕千叮咛万嘱咐，要我们一定每期都要看孟姑娘的节目。每次他打电话过来，印证我们是不是履行了承诺时，我都敷衍他，说看过了看过了。最不可理喻的是，他非逼着我们说出观后感，当我正犹豫地想说点什么来应付他时，他却迫不及待地、略有激动地说出他的观感。那长长的观感让我昏昏欲睡，而他语无伦次的声音，却能让我想象得出他手舞足蹈的样子。我从来没有面对面地接触过孟夏姑娘，也没见过他们俩成双成对在一起，在我的印象中，那个年轻貌美的姑娘，只适合出现在电视里，而不是我们真实的生活中。曲辰却生活在半虚幻半现实之中。所以，某一天，当我在炎热的广州出差时，竟然接到了他的长途电话，摊派给我一个匪夷所思的任务时，便没有什么大惊小怪的了。

我都不知道他是怎么打听到我住在哪家宾馆,房间的电话号码的,他几乎是对我下达命令,要求我必须替他买五斤荔枝,他特别提示我,孟夏超级爱吃荔枝。上世纪九十年代初,在北方,荔枝还极其罕见。当我坐在拥挤的火车上,小心地看护着那一包荔枝时,突然就想到了"一骑红尘妃子笑,无人知是荔枝来"那句诗来。在曲辰眼里,孟夏简直比杨贵妃还珍贵。

就是这样一个爱吃荔枝的姑娘,却让爱得疯狂而执着的曲辰,在命运的波涛中翻了船,落了水。1995年的冬天,大雾时常光临这座北方城市。那一年发生了后来震惊全国的聂树斌案,聂树斌在当年的4月被枪毙,只不过,那时候的一声枪响,像是鞭炮声一样仓促地湮没于历史的喧嚣之中了。1995年,河北的省会石家庄,萧条,灰色,没有一点现代化的气息,从曲辰工作的电视台向南走一百米,就是一片一望无际的麦地。那之后一年,北国商城才开业;那之后两年,石家庄地标性建筑电视塔才开始建设。雾和曲辰后来一直纠缠在一起,留在我的记忆里,是因为出事那天,是一个雾锁全城的夜晚。肖燕先得到的消息,第一时间里,他想到的是打电话给肖燕。我骑着自行车,赶到电视台的集体宿舍时已是午夜时分,肖燕先我一步赶到。此时,曲辰正蜷在床上瑟瑟发抖,我闻到了一股浓烈的酒味。那个雾气弥漫的冬夜,曲辰前程似锦的生命黯然跌落,梦想从此消失。据曲辰的描述,那天夜晚,他在外面与人喝了酒,回到电视台集体宿舍时,听到对面主持人孟夏的宿舍里人声鼎沸,原来是一个陌生的男子在为主持人庆贺生日。他怒气冲冲地冲进去，责问主持人时，孟姑娘却勃然大怒，毫不客气地让他出去。曲辰灰溜溜地回到宿舍，越想越生气，等他再次闯进主持人的宿舍时，手里拿着一把很小的水果刀，那是在兰州买的。就是这把不起眼的水果刀，要了那位陌生男子的命。愤怒冲昏了曲辰的头脑，刀子被他疯狂地挥来挥去，最后捅进了男子的大腿。曲辰复述时，故意漏掉了那个男子的身份，后来我们才得知，那个男子是位大学老师，主持人孟夏的男朋友。男子被送到医院后不久就因失血过多咽了气，因为刀子扎破了他的动脉。那是一个难熬的夜晚，曲辰完全傻了，他还不知道那个无辜的年轻人已经躺在几个路口之外市三院的太平间里，他一语不发，静待着命运的夜晚快速地逼近。天还没亮，警笛声就在电视台大院里响起来了。他被带上警车的最后时刻，含泪叮嘱我，要我替他照顾双目失明的衡水乡下的母亲。

曲辰被判死刑，缓期执行。二十年来我遵守了我的诺言，定期去看望他的母亲。而曲辰，如果不是自己的原因，在第十五年就能够出狱，死缓后来改成了有期徒刑。但是在临近出狱时，曲辰却试图越狱，延长了自己的刑期。又过了几年，他又涉嫌袭警，再次人为地延长了刑期。他害怕从监狱里出来。这一次，当他再次想法赖在监狱里时，没有得逞。

出狱回城的车上，我问曲辰是不是回老家去看望一下老母亲。曲辰坚决而悲伤地摇摇头，"我哪有脸去见她，就当她老人家没我这个儿子吧。"

在酒店里给曲辰接风洗尘。曲辰却一滴酒也不喝，这就让气氛有些压抑,他显得犹豫,目光躲闪,连他以前最喜欢的鱼香肉丝也不敢轻易动筷子。人显得颓废,没有自信。肖燕问起他对未来的想法,曲辰万分沮丧地说:"不知道,我本来是想一辈子都躲在监狱里不出来,不见亲人,也不见你们。可是不知道哪儿出了问题,我尽了力,可他们说什么也不让我在里面呆着了。"

我张了张嘴,本来想告诉他,我与第二监狱的监狱长是省委党校的同学,我送给他一幅著名书法家黄绮的书法作品,才换来没有对曲辰再次袭警追加刑期。肖燕偷偷拉了一下我的衣角,我便作罢。

曲辰无法预知和谋划他的未来,这和二十年前那个意气风发的年轻人已经不是一个人。他可怜巴巴地看看我,又看看肖燕,说:"反正我无处安身,你们要是怜悯我,就给我一口饭,如果有下辈子,我做牛做马来报答你们。"

他的话让我和肖燕心情很糟糕。半夜,肖燕从噩梦中惊醒,她把我推醒,问我为什么曲辰会变成这个样子。我打着哈欠说:"如果你在监狱里呆上二十年,还不如他呢。"

大学时期,曲辰是校园里的明星,校学生会的主席,深得女生们的喜爱。肖燕也是其中之一。她说她从曲辰的身上看到了年轻时革命领袖的影子。但是她却没有选择曲辰,而是在大学最后一年接受了我。她明白地告诉我,曲辰强大的外表下隐藏着内心更加强大的不安。这一点不知她是怎么看出来的。

"你打算怎么安置他?"肖燕问。

"他要想有什么大的作为已经不可能了，我相信他自己也明白这一点。"我想了想，突然脊背上发凉，谁也无法保证，什么时候，你的生命就停留在某处，虽然躯体存在着，却已经失去了任何意义。

肖燕甚至比我还要悲观，她说："也许我们真的不应该费这么大劲，把他弄出来，也许他已经不适合这个社会了。"

"在外面总比里面好。"我说。其实我们还没有做好充分的准备，让他如何融入这个已经完全不同的世界中。

"谁知道呢。"肖燕忧虑地说。

我给曲辰找的第一份工作与他的经历有关，在一家婚庆公司做摄像。可是只做了两天他就不去了，我问他为什么，他低着头，憋了半天才说："人多，太热闹。"他是羞于见人，不想抛头露面。第二份工作他倒是比较满意，在社科院当门卫。我每天从大门口经过上下班时，他都从门卫室里的椅子上站起来，毕恭毕敬地向我敬个礼。后来我就对他说，不要那样，我又不是什么大领导。他答应得好好的，可我再从门口经过时，他一如既往。后来我就懒得说了，慢慢地，对他这个动作也就习以为常了。

曲辰像是一个外星人一样，出现在我们的生活里。除了在我单位看守大门，他整天猫在我借给他的那套房子里，害怕和人打交道。为了让他早日适应这个全新的社会，我尽量让他多参加一些聚会和活动，对于我的安排，他没有拒绝。

我拉上他参加朋友间的私人聚会,都带着家属,而我是三个人——我、肖燕和曲辰。介绍曲辰时,我丝毫没有隐瞒,告诉他们,我大学同学,刚从监狱出来。省二院的副院长刘同取笑我,说我真会开玩笑,搞社会科学的人就是比他们更能想象。他是个心血管专家,他说:"不像我们,太实际,不浪漫,盯着的就是那些红红的血管,看它是不是堵塞了,是不是需要把它给疏通了。哪像你董所长,这么会编故事,做评论,把人生弄得像一出戏。"

曲辰真诚地补充说:"今天是我出狱的第二十天。"

大家一哄而笑。酒席间曲辰照例是沉默不语,滴酒不沾,看着大家笑。不管爱说笑的刘同怎么劝,曲辰也不喝一口,弄得刘同很扫兴,他大声说:"你说你是从监狱里出来的,你就讲讲监狱里的故事,给我们听听。"

曲辰看了看我。我挥挥手,"讲讲讲,我还没听过呢。"

曲辰正襟危坐,真的一本正经地讲起他在监狱里的事情。曲辰不说话则已,一张嘴就吸引了大家,他说了同监号的一个男人的故事。"聂树斌你们知道吧?"

刘同好奇地问:"他跟你在一个监狱呆过?"

"不是,我没见过他,我进去时他已经被枪毙了。"曲辰停顿了一下,"我说的是和他有同样经历的一个人,这人姓张,比我晚进去十年。我开始以为他比我大十几岁,后来才知道他其实比我还小五岁。他犯了强奸罪,他逢人便说他是被冤枉的。可是没有人信他的话,只有我肯听他的。前几年,聂树斌的案子出现逆转后,他十分兴奋,他觉得自己也看到了希望,每天都看报纸,看电视上的新闻,指望出现聂树斌那样的奇迹。"

"你觉得他是不是另一个聂树斌?"肖燕问。

实际上,除了肖燕,没有人太认真地听他的话。在他讲述的过程中,我们照样互相转圈敬酒。大家完全忽略了这个讲述者,他的讲述也有点孤芳自赏的意味。连最先的提议者刘同在和我喝了一杯酒后转头问曲辰:"谁强奸谁了,谁又进了监狱?老董,你这位朋友是不是一位受人尊敬的作家?真会编故事。"

曲辰没有回答肖燕的问话,对刘同露出一副讨好的笑脸。

回到家里,躺在床上的肖燕表达了对我的强烈不满。她说我不应该那么对待曲辰,"在你那帮朋友面前,曲辰就像是一个被围观的猴子。"

喝多了酒的我头重脚轻,只想睡觉,我吃惊地说:"你怎么能这么想?我都是为他好。让他早日融入正常的生活之中,要不他以后怎么办?"

肖燕说:"不对,二十年前,我们是平等的。每个人的生活都是自己设计的。而现在,当他一出来,他就低人一等,生活需要别人来设计。他学会了看人的眼色,揣摩别人的心思。而你,你们,其实已经居高临下……"

我没有听完,便睡着了。

从那次聚会后,在对待曲辰的问题上,我与肖燕渐行渐远,她也拒绝出席类似的活动,她不认为这些做法对曲辰有益。好在曲辰并没有感到厌倦,当他能从倾听者眼中看到一丝的等待或者期盼时，他的内心就得到了巨大的满足。

还有作家诗人们的聚会。

这是我最基本的生活圈，文人们的圈子。每个人都有一个相对固定的圈子，这个圈子里的人互相喜欢，互相讨厌；互相欣赏，互相猜忌；互相排挤，也互相利用……面对他们我游刃有余，如鱼得水。我喜欢那种被众人推崇的感觉。这一次，曲辰讲了另外一个狱友的故事，一个失手杀掉自己妻子的男人的忏悔。他说，那个狱友天天想着在外面的两个儿子，不知道他们会变成什么样子。说者无意，听者有心。就是那次不经意的聚会，诗人何小麦被曲辰这个人以及他的故事，深深吸引了。她是报社的记者，诗人的气质加上职业的敏感，让她心潮澎湃，她说她一夜未眠，曲辰的故事激发了她的灵感，她诗兴大发，第二天她特意请我去喝了咖啡，希望我答应让她采访曲辰。我说："你可以自己去找他呀，我又不是他的经纪人。"

何小麦说："董老师，我看他好像很听你的话，没有你恐怕不成。"

"他现在是自由身，我又不是监狱长，他不用任何事都向我汇报。"我虽然嘴上如此说，却有些小小的得意。

我把女诗人的想法说出来后，曲辰果然犹豫地看着我，"你说答应还是不答应？"

我笑笑说："这是你的事，你自己拿主意。不过，这也是你全面了解社会的一个渠道，你得多和人交流、沟通，我看可以试试。"

"仙生，你说行就行。"曲辰诚恳地说，"只是我有一个疑问。"

"说出来听听。"

"我讲的故事都是社会的一些阴暗面，这些人也都是杀人越货的坏人，为什么她会对这些感兴趣？我记得以前这些人是会被人鄙视唾弃的，是反面典型。"曲辰眉头紧锁。

我试图向他解释时，感觉自己就像是这个时代的代言人一样，"时代在变化。单一的思维模式、单一的对事物的判断，现在都已经失效了。"

"那么，这是好还是坏呢？"曲辰问了一个非常尖锐的问题。

我没想到，他的思想还是那么直接，那么天真，"我没法给你答案，你自己去判断吧。但是我提醒你，你的思维得跟得上时代，不要再用二十年前的思想去评判一切。"

曲辰忐忑地去赴女诗人之约时，我却又收到了一盒一模一样的丹麦奶糖。这样的事情重复两次，我便提高了警惕，暗自倒吸一口凉气，到底是谁在给我不断地邮寄同一件礼品？什么原因？这一次我给予了足够的重视，认真仔细地查看了所有的蛛丝马迹，快件寄自本市，寄件人做得很巧妙，只有收件人的地址和名字，其他的无迹可寻。坐在会议室里，这盒奶糖让我心神不宁，思想本能地向不好的方向滑行，和我坐在一排的科研处处长老焦冲我笑了笑。那一笑也让我感觉很暧昧。老焦和我是同事，又是潜在的对手，我们俩都是副院长的有力竞争者，彼此见面都十分客气，甚至还互相恭维几句，但谁都心知肚明，对方不是那个能坦诚相待的人，都在暗暗较劲。我在自己的事业上一路狂奔，而他已经修炼成一个职业的官僚，据说他已经攀上了省委副书记。我一直自信自己的专业能力，不屑于搞这一套，觉得还是得靠实力说话，他一个军转干部，丝毫没有业务水平和能力，凭什么与我相抗衡？我也冲他点点头。那一刻我突然联想到，奶糖与他有关？他要给我某些暗示还是什么？一想到此，我的神经立即绷紧了，再次把目光转向他，老焦却装作很认真地在本子上记着什么。也许是我心理起了变化，看他时的感觉便不一样。

　　那天晚上，当肖燕提到要去北戴河时，我有些心不在焉。这几年，肖燕成了一个梦想破灭的人，她心绪很差，时常感到不安，对现状越来越不满，牢骚满腹，对社会上的任何事情都看不惯，对我，也是不断地流露出不满。她越来越固执地怀念起以前的梦想，想着重温旧日时光。每年的夏天，她都会安排去北戴河的行程，因为大学时期，我们俩就是在北戴河的鸽子窝确立了恋爱关系。在那里，我们恋爱，是因为我们从对方身上看到了对美好事物的向往，看到了未来明确的目标，梦想仿佛就在我们憧憬的前方等待。在鸽子窝，我们看着海鸥飞起落下，就像是海鸥想飞得更高一样，我们互相表白着对美好的前景的向往。我要成为一位像马尔克斯那样的作家，而肖燕，只想做一名教师，像她的妈妈那样，桃李满天下。肖燕越来越想念那个地方,她说,真实的我们留在了那里。只有回到那里,短暂地忘记现实,她才感觉到内心的安宁。

当她再次提起去北戴河一事时,我有些敷衍了事地哼哼了一声。肖燕推了推我,"你哼哼是怎么回事,到底去不去?"

"去吧。"我说。

"你要是不情愿,你就说出来。"肖燕生气地说,"我就看不惯你这样。你看看你现在什么样,心里想的都是什么?"

我说:"什么呀?人生不就是如此吗?"

"真的是如此吗?你的官位、你的社会地位,除了这两样,你还有什么?"

我辩解道:"这不是一个男人成功的标志吗?你以前不也是这么认为的吗?"

肖燕翻了个身说:"反正我不喜欢。我感觉不像是一个有个性的人,而是被驯化出来的产品,好像这个社会是个庞大的机器,专门生产你们这样的人。你和那些人一样,留恋自己的成绩,沾沾自喜,喜欢被捧上天,有天生的优越感,觉得这个时代就是你们的。你们变得自私、高傲。你们更像是守财奴,固守着自己那份累积起来的财富,守着自己已经获取的地盘,小心翼翼地看护着它。容不得别人觊觎,容不得别人批评,容不得被超越,容不得被遗忘。有时候,我教育学生,让他们畅想他们的未来,当有学生说起想做你们这样的人时,我都觉得心虚。"

"你有些牵强附会了,那你告诉我,我应该怎么做才算是一个成功者？"我反问她。

梦想早就破灭的肖燕一时语塞，支吾着："我不知道，我真的不知道。"

肖燕的话并没有在我的思想中起什么化学反应，有时候我感觉自己根本停不下来，没有时间思考自己是个什么样的人，自己要做什么样的人。就连曲辰，这样一个彻底失败的人，他也没有充分地认识自己，在去往师大的路上，我问坐在后排的曲辰："你能认识你自己吗？"

曲辰犹豫着不知如何回答，出狱之后的曲辰完全是一个陌生的人，早就没有二十年前的坚毅和果断，这很正常。我说："你实话实说，怎么想的就怎么说。"

他试探着说："说实话，我白活了这一生。我为自己的冲动与不理智付出了一生。"

"你后悔了？"

"不是后悔，是忏悔，我一直在忏悔。"他低声说。

我接着问："你还有梦想吗？"

"梦想？"曲辰笑了，这是我第一次听到他的笑声，"早就没了。从那天晚上就结束了。我以为我会在监狱里呆一辈子，会在无数个夜晚，仰望夜空，跟随着月亮的移动，想象月光照在高墙之外的情景。"

我试图想和曲辰回忆一下我们在大学时期对未来的憧憬与畅想，可是想了半天，我也没有想出来，便打消了主意。

在门口正好看到曲辰要下班，我问他，想不想去大学校园里看看。曲辰眼睛里闪现出一丝期待。我说，今天要去师大，有一个文学讲座，也许你能从那里的气氛中找到一点当年梦想的影子。我相信，已经出狱的曲辰不会就这样沉沦下去，他内心深处仍然有未能燃尽的梦想的种子。他忐忑地坐在我身边，问我，我出现在课堂里会不会格格不入？我说，你放心，他们不会关心你，不会去无端揣测一个陌生人，他们的注意力只在我身上。曲辰说，谢天谢地。

师大博物馆前竖着一块大大的广告牌，上面有我的大幅照片和介绍。曲辰羡慕地说："你看上去像我们大学时教我们民俗学的柯杨教授，很有学者气质。"我说："你要是奋斗到今天，也一样。"曲辰低头不语。

报告厅里挤满了学生。我一进去就看不到曲辰了，后来我在讲座时看到了他，他在最后一排的边上。我讲座的题目是《哈姆雷特与我们》。我讲的是我们在现代社会中的焦虑与不安，讲了我们与哈姆雷特遇到同样的命运抉择时的软弱无力感。实际上我的讲座部分地借鉴了肖燕对于我的批判，但是仅此而已，当我在说这个十分尖锐的问题时，我根本没有意识到，我是在说我自己，我感觉我说的那部分人，他们在芸芸众生之中，他们与我无关。

我的讲座不断地被学生们的掌声打断。这份热烈，坐在他们中的曲辰也深切感受到了，所以当讲座结束，当我开车行驶在槐安路上时，曲辰仿佛还能听到教室里的掌声。他说："你不是问我有什么梦想吗？我坐在学生们中间，听着你游刃有余地从莎士比亚讲到鲁迅,从卡尔维诺讲到《水浒传》,我似乎意识到,这好像曾经是我的梦想之一。他们好像在我的生命里也曾经那么地清晰,那么地逼真,那么地令我感动。"

"做一个有良知的记者?"我试探着问他。

他若有所思,"没有那么具体,就是这种感觉。"

"现在还会有吗?"我追问他。

他躲闪着我的问题,"现在?我从来没想过,对我,可能有点太奢侈了。"

我掏出那盒奶糖,递给他,他说:"我已经有一盒了。"

我笑着说:"这又不是梦想,你紧张什么。"

他接过来,借着外面闪过的灯光看了看,"和上次的一样,我一直想问你,这是什么东西?哪个国家的?我早就把英文忘掉了。"

"丹麦的,奶糖,我相信比大白兔好吃。"我说,"丹麦你不会忘记吧?"

"安徒生的老家。"曲辰说,"童话的故乡。我在监狱里只看一个作家的书,就是安徒生童话,安徒生的每一个童话我都能倒背如流,有时候我还会给狱友们讲,而且能让他们感动得哭了。"

"童话。"我想了想,对我来说,读安徒生已经是二十多年前的事了,那些故事的细节我都快想不起来了,"也许你可以与我的研究生一起做个讨论,题目我再想想。"

曲辰百般推辞,他直言自己会很紧张。我鼓励他,当年你也是中文系的才子，就这么定了，这是个很好的课题。我接着说："科研处的焦处长你认识吧？"

曲辰想了想，"是不是那个戴假发套的焦处长？我给他办公室送过快递。"

"对，就是他。"我看着他说，"我需要你再去送快递的时候帮我一个忙。"

曲辰毫不犹豫地说："我肯定要帮你的。"

我伸出右手拍拍他，"关键时候还是好兄弟最让人放心。我实话跟你说，现在他和我是竞争对手。我们俩要竞争一个副院长的位子，任何风吹草动都可能改变最后的结局。你手里的这盒奶糖，为什么会有两盒，连我自己都搞不清。"我把我如何收到奶糖，如何疑虑重重，一股脑儿地告诉了曲辰。

曲辰说："仙生，奶糖是好东西呀。有人给你送这么好的东西，是多么美好的一件事呀。"

我忧心忡忡地说："你不在我的位置上，你没有腹背受敌的感觉，你体会不到有什么事情会发生在你身上的某种不祥的预感，所以你不可能了解。小心一些总是好的，我怀疑是老焦在背后搞鬼。我需要你能够找到写着他的字的东西，本子呀、信件呀等等吧，只要是他手写的字，我想辨别一下，是不是他。"

"你是不是太多疑了？"曲辰小心地问。

"我知道自己多疑，但它让我感觉到安全。"

曲辰显然还没有意识到这项任务对于他的难度，没有意识到，在他思想的深处，还有另外的一条线在牵着他。他拍拍自己的胸脯,赌咒发誓说,没问题,保证完成任务。

讲座后我便去上海出差,参加一个关于文学传承的研讨会。开完会后我没有直接回来,而是应作家胡克之邀去了趟黄山。等我回到石家庄时已经是一周之后,一进办公室,看到了一堆信件、快递之中最醒目的那一个,外包装和以前是一样的。我不禁倒吸了一口凉气,看来,这个寄件人真的很有耐心和恒心,他究竟要干什么?他在考验着我的神经,我的耐心。又是丹麦奶糖!我抄起电话打到了门卫,今天当班的不是曲辰。而且,据门卫李师傅说,曲辰已经有两天没来上班了,说是请了假,不知去干什么了。我来到曲辰的住处,这套建于上世纪八十年代的房子,是单位分给我的,一直空着,现在成了曲辰的容身之处。家里没人。他手机关机,我联系不上他。

晚上回家,肖燕很晚才回来,她一进门就喝水,喝完水才说:"你知道我今天干什么去了?"

我翻了翻白眼,"你还能干什么,上课呗。"

"No,"肖燕说,"我今天请了假,带着曲辰去找人了。"

我疑惑地看着她。

"你还记得上次吃饭时他讲的那个故事吗?"她坐下来,"就是和刘院长他们吃饭那次,他讲的那个强奸犯的故事。"

我摇摇头。

"你呀,只记得你那点事,什么名呀利的,别的一概进不了你的脑子里。"肖燕说,"就是那个自认为与聂树斌一样被冤枉了的男子。曲辰也觉得他有冤情。他出狱时答应那名狱友,替他找到当事人,帮助他解除他内心的痛苦。他说这是他出狱后最想做的事,就像当年怀揣的那些梦想一样。按照狱友的提示,他已经自己去找过那个当年的姑娘,那个当事人。可是没有找到,十几年了,街道变了,房子没了,人更不知道跑哪儿了。他向我打听老棉七的那栋宿舍,我是这儿土生土长的,那栋楼我还有印象。于是我请了假,带着他去找棉七的那栋集体宿舍。"

我轻声说:"我不知道,他现在仍有梦想。但是,这梦想似乎……"

"似乎什么?"肖燕问。

"没有什么。似乎也不能算是梦想。"

"这怎么能不算梦想呢,这总比你那些虚名更真实一些。"肖燕不满地说。

"你们找到了?"

肖燕神情疲惫,目光炯炯,"没有,棉七宿舍早就拆了,但是已经有了一点线索。"

我提出了自己的质疑:"你相信他的话?"

"为什么不呢?"肖燕看着我,对我的疑问很是奇怪。

"你们把中国的法律想得也太不堪了,太经不起推敲了,难道监狱里都是聂树斌?"

肖燕嗫嚅着:"如果有这个可能呢?"

"曲辰这么想也就罢了,枉你作为一个人民教师,想法也和他一样简单。"我批评他们非常可笑的做法。

"我不同意你的说法。"肖燕反驳我,"你这是惯性的思维方式,你和大多数人一样,什么事情都是从自己的立场和利益出发,为什么不站在别人的立场呢?"

那个夜晚,我们无法达成一致的意见。我说服不了她,她对我也感到失望。

我说服不了肖燕,同样,我也没能阻止曲辰。我觉得应该制止他们这种不理智的行为。第二天我直截了当地告诉曲辰我的想法。曲辰为难地说:"仙生,你就让我放手做点自己想干的事吧。你觉得我的人生还有什么意义吗?而这件事,我既然答应了小张,我就要兑现我的承诺。"

"仅仅是兑现承诺吗?"

曲辰无助地说:"或许是的,我觉得活得有点意思。"

我落败了,缴械投降。我不能再勉强曲辰什么。

我想起自己找他的目的,"你答应我的事办了吗?"

曲辰一听我问这事,立即就明白了,他局促地坐在沙发上,挠着头,"没,没有。"

"怎么回事?"我不禁有些气愤。一周过去了,他什么都没做。

曲辰站起来,摊开手,"仙生,请听我说。不是我不守承诺。我也去过焦处长的办公室,我也有机会拿到你想要的本子、信纸什么的,可是我伸出手去,却突然觉得有些不对劲。我这才意识到,我自己的身份,我曾经的往事,我做过的错事。你可能不会觉得什么,可是那些事,像个尾巴一样,长在我身上,终究会跟随我一生。"

"那又怎么样呢？"我若无其事地说。

曲辰严肃地说："一想到此，我就停下了手。我犹豫了。我觉得又像是往错误的方向走。我陡地就想到那个错误的夜晚。我惊出了一身的冷汗。这一周我都纠结着，痛苦着，我向你道歉。"

我没有责怪他，他的想法可以理解，我让他坐下来，心平气和地与他摆道理："你想得太多了，这和你长期与这个社会脱节有关。你不大了解，现在是一个复杂的时代，你不能简单地把一件事定性为好还是不好，你得放在特定的环境或者特定的条件下去比较。就说这个事儿吧，也没有什么大不了的。人与人之间，就是这样，在怀疑、鉴别、揣测、辩解、确定之间来来回回，这就是丰富的人生与社会。"

"那为什么，当我想要去伸手时，还有一种深深的犯罪感？"曲辰忧虑万分。

我哈哈大笑，"犯罪感？如果都像你说的那样小心谨慎，我们每个人都是罪犯了，你看看，不是所有人都活得比你好吗？"我安慰他说，没有人会把他的犯罪感当回事。你看看老焦，干了多少那么多你认为的坏事，可是他心安理得，照样官运亨通，事事如意。"就拿我来说，我打过别的女人的主意，闯过红灯，进过歌厅，骂过人，给写得很烂的作家写过书评，要照你说，我该进监狱了？"

我与曲辰的谈心，不知道是不是产生了效果，但是结果是令人满意的。他在内心挣扎了数天之后，还是帮我拿到了老焦的一个笔记本。当那个红色的笔记本交到我的手上时，曲辰几乎虚脱了，他说："这种事以后还是别干了。"

那天，曲辰忧国忧民地和我谈了次心。

谈的不是我，而是肖燕。他叹口气说："肖燕变了。"

"她不再年轻了。"

曲辰说："我说的不是年龄，而是心理。她的内心世界以前是那么丰富，那么阳光，那么富有激情，充满幻想。可是现在都没了。"

我默然无语。日子一天天过来，我还真没去想过，身边的妻子有什么变化。

曲辰接着说："我们俩去寻找那个女人的路上，她说起了孙尔雅。"

"谁是孙尔雅？"我一无所知。

"是她的同事，一个年轻的女同事，一个中学语文老师。"曲辰看着我，像是看一个怪物，他显然不了解，为什么，我会不知道肖燕想要说的一些事和一些话。

"啊。"我装作轻松地说，"孙尔雅。"

他接着说："孙尔雅是一个非常年轻的姑娘，研究生毕业后分到十五中做语文老师，和肖燕一个办公室。她业务很优秀，工作能力很强，已经独立带毕业班，也获得了不少的荣誉，可有一天她却突然辞了职，远赴云南勐海一个偏僻小山村去支教。她的举动对肖燕震动很大，走之前，肖燕曾经问过孙尔雅，问她为何选择如此的方式去挥霍自己的青春。那个姑娘的回答让肖燕一辈子都记得，她说，没什么特别的理由，就是在网上看到一张一个旅行人拍的那所山村小学的照片，便有了去教书的冲动。她很佩服小孙老师的行为，这让她觉得自己非常无能。她这种想法很奇怪呀。我觉得她很好啊。特级教师、十大名师，可她怎么就觉得自己是个理想幻灭者呢？"

我摇摇头，"我也在想，这是怎么回事呢？"

曲辰说："我觉得你们俩很奇怪呀。你不告诉她糖果和老焦的事，她也不向你说心里话。我说仙生，你们过的是什么日子呀。"

我打哈哈说："没什么，仅仅是不想说而已。"

曲辰白了我一眼，继续说："不说你们了。真是看不懂，我也不想懂你们的事。你知道吗，肖燕请求那个孙老师，加上她的微信。现在，每天，你知道肖燕最快乐的事是什么吗？"

我摇摇头。

"是看孙老师在微信上发的照片，有山村小学的一砖一瓦，有小学生们稚嫩而灿烂的笑容，有崎岖的山路，有湛蓝的天空，还有新长出的路边的小草。通过那个孙老师的眼睛，通过她的镜头来看，世界是那么地美好，而孙尔雅就是那个制造者。"

我低下头来，我想想象一下，通过曲辰向我描述的那个山村学校，可是我想象不出来。我的脑子里浮现的是一个笔记本，是一本党员学习笔记。这是曲辰经过漫长的思想斗争，从老焦办公室帮我拿到的。不得不佩服老焦，他很认真，形式做得非常过硬，字体刚劲有力。我坐在办公桌前，花了一个小时的时间来做对比,把快递单子上的字与他的字相比较,实际上我没有得出令自己满意的答案。字体并不相符。这让我长出了一口气。那个笔记本,我不再让自责的曲辰放回去,我对他有些担心。再一次开会时,我拿着那个笔记本,直接交给了老焦。老焦惊讶地看着我,我轻松地说笑道:"那天开党支部会,我借了你的笔记,学习学习。你忘了?"我没理会老焦的表情,径直走开了。

刚开始的几天,我想问问关于孙尔雅的事,可是张了张嘴却不知从何说起,便放弃了。肖燕一直在翻箱倒柜地找东西。问她,她也不说,直到几天后她仍然是一无所获,才被迫问我:"我那套《安徒生童话》你见了没?"

我很纳闷,"哪一套?"

"1986年版的,上海译文出版社出的。绿皮的。32开的。一共16本。"

"你要干什么?"我想到了曲辰的话。

"就是想找出来。"肖燕一边找一边回答。

我走到她身边,万分忧虑地说:"我有些担心,你越来越受曲辰的影响,你可知道他是什么样的人?"

肖燕不搭理我,继续找她的书,那套书还真让她找到了,在地下室的角落里。她如获至宝,兴奋地说:"我不管你的事,你最好也别管我。我们井水不犯河水。"

那几天,她把那一本本安徒生捧在手里,像是看一本从来没有看过的童话似的，如饥似渴。时而激动，时而沮丧，时而欢呼雀跃，时而悲伤落泪。我对她说："太夸张了吧？"她根本感受不到我的存在似的，把我的话当成空气。

肖燕带着毕业班，这阻碍了她与曲辰的行动，但一遇周末，她不加班的状况下，基本都是她开车带着曲辰在这个城市里到处乱撞。他们在寻找那个消失在茫茫人海中的女人，他们只知道一个名字，叶小青，连那个女人长什么样，在哪里工作，甚至是否还活在这个世上都不清楚。我挖苦肖燕说他们是大海捞针。肖燕说："就算是针，那也是个看得见摸得着的东西，它在那里，就不怕被找到。"令我惊奇的是，对任何事情都失去了热情、看破世事、牢骚满腹的肖燕却焕发了极大的热情，不像是在寻找一个毫不相干的女人，而是在寻找她自己美好的过去。

曲辰，就像是被突然扔进来的一个人，他在不属于他的时代里，努力做着也不属于他的事情。我曾经问过他一个尖锐的问题："如果你们找到了那个女人，你们准备怎么办？"

事情很明显，有前因就得有结果。曲辰倒是很干脆，他不假思索地说："让她承认她冤枉了小张。"

我笑了，"姑且不说你们先是设了一个自以为是的前提，就是这个叫叶小青的女人真的冤枉了小张，小张是另一个聂树斌。这个前提你已经认定它是真实的了。我不反驳你。你，还有肖燕都不会听我的。我只想知道，如果她不承认呢？你能怎么办？你不是法官，你不是警察，你连那个小张都不是，你完全是一个局外人，一个毫不相干的人，一个陌生人。你凭什么让别人信任你，让别人重新打开自己受伤害的内心世界？"

他的思维在此时显得异常简单，"她会良心发现的。王书金都能主动承认自己的过错，她更应该有这样的觉悟。"

"如果这一切都是小张的臆想呢？"

"我不相信。"曲辰目光坚毅。

曲辰，因为专心地去做一件他认为正确的事情，而情绪高涨，所以当他兴致颇高地和我一起去酒店时，开始还没有意识到什么问题。当他看到迎接我们的老焦时，曲辰惊讶地直拽我的衣袖。酒席是老焦安排的，专门请我的。他战友的女儿要考我的博士研究生。战友的女儿姓黄，叫黄莺儿。刚坐下来我就冷不丁地问了一句老焦："你去过丹麦吗？"

老焦一直在防着我，可万万没想到，我竟然问这么一句，他还算反应迅速，稍一犹豫便说："没有，我倒是想去。你有机会让我去呀？"

我说："我要有机会我还去呢。"

整个酒宴过程中，姑娘一直在给我倒酒。一个小时之后，我就喝得东倒西歪了。曲辰搀扶着我，我们走在灯火通明的槐安路边，万达酒店的霓虹灯像是飘在云雾中。那一刻，我感觉时光倒流，我们身处兰州，我们大学时期的那个内陆城市，而我眼前的车流与霓虹，像是在盘旋路，在兰州饭店，在黄河铁桥。而我和曲辰，那是第一次喝啤酒，第一次两人喝得需要互相搀扶着向学校走。就是那个醉醺醺的夜晚，曲辰向我透露着他的野心，他要成为一个伟大的记者，成为中国的法拉奇。苍茫的夜色中，他带着酒气背诵了法拉奇的名句："如果你身为一个男人，我希望你成为那种我经常梦想的男子汉：对弱者赋予同情，对傲慢者给予轻蔑，对那些爱你的人抱以宽宏大量的气度，与那些想支配你的人做殊死的斗争。"可是，这不是兰州，这是石家庄，距离遥远的兰州有二十六年。浓重的夜幕中透出来的是曲辰充满疑问的脸，他说："我真不明白，你为什么要和焦处长一起吃饭？我真的不明白，你为什么要答应他的请求？我以为你们俩是对手，是敌人。你们会互相提防，互相不信任，不会妥协，不会配合。我真的不明白。"

我说："你不明白就对了。因为你脱离社会太久了。这是一个你不明白的社会。如果人人都明白了，哪还得了。我不能像老焦那样，江湖做派，什么事都整得跟金庸的小说似的。我是个文人，我得有文人的情怀，要大度，要宽广。这才显出我和他的不同。"

他不明白的事情还有很多，我答应了老焦，在第二年的春天让黄莺儿顺利地成为我的博士生。她成为我学生的那天我问她，老焦是不是真的是她父亲的战友。黄莺儿说："是的，他们一起去过老山前线，在一个猫耳洞里呆过。"

我信了她的话。

曲辰不喜欢女诗人何小麦。女诗人却很喜欢和他在一起，不管是出于什么目的。曲辰不止一次地向我抱怨，他不想和何小麦交往了。虽然她并没有把他看做一个刑满释放犯,没有戴着有色眼镜看人。这让他觉得跟她在一起没有隔阂,可她的某些兴趣和独特的癖好令他大伤脑筋,十分不适应。

她选择约会的地点令曲辰头疼不已。酒吧。越热闹、越喧嚣的酒吧越是她的最爱。而且喝一种叫威士忌的酒,黄黄的,加很多很多的冰块。每一次,她都要告诉曲辰,怎么喝威士忌才更有范儿,更绅士,用那种平底的玻璃杯,先把大块的冰块放进杯子里,再倒威士忌进去。她很能喝这种洋酒,每次都喝得不省人事,都是他把她送回家。

女诗人何小麦有几分姿色,离过一次婚,然后便不再结婚。她指着酒杯中慢慢融化的冰块说:"你看到没有,这就是男人。"

曲辰不知道她所指为何,她的每一句话好像都是一首令人费解的诗。所以他都无法答话,继续听她作诗。

当他向我重复何小麦的话时,我能够想象得到,诗人何小麦的样子,因为我太熟悉她们和他们,熟悉他们表演似的人生。人世间,每一个人都是一个演员,有的人演给自己的内心,获得持久的安宁和平静;有的人太专注于自己外在的表演,收获着短暂的自得与喜悦,以至于忘记了到底什么才是自己真正的人生。

我说:"她肯定会告诉你她的癖好,好显得她如此真诚,令你不得不把你的隐私全盘托出。"

"你怎么知道?"曲辰震惊地问。

我沉着地说:"我当然知道,这是她惯用的演技。"

我似乎能穿透时间与空间,清晰地看到何小麦手托着酒杯,不停地转动着有黄色液体的酒杯,冰块与玻璃壁碰撞的声音被淹没在嘈杂的声音之中,她告诉曲辰:"我收集男人的隐私。别想歪了,我不是垃圾桶,什么人的隐私我都感兴趣。我有伟大诗人的洁癖,我要让我的想象和文字被星光洗濯过,所以,我只收集两种男人的隐私,一种是成功的男人,他们的隐私更令大众着迷,因为这是他们向往的人生;另一种就是失败男人的,这一类人,不令人着迷,却让人痛恨,就像是吸食了吗啡。"

"所以你把自己都交给了她?连你如何失手杀人,你如何爱一个姑娘都说给她听?"

曲辰哭丧着脸,"挺神奇的,她一个醉酒的人,好像毫不设防。我却什么都跟她说,有问必答。你呢?"

我一愣,"什么?"

"你和她在酒吧喝过酒吗?你尝过那种黄色的洋酒吗?关键的一点是,她问过你的隐私吗?"曲辰看着我,像是在说一句家常。

我却心头一悸,"喝过,但是没问过。"

"如果她问,你会说吗?"曲辰的想法很奇特,让我很不好作答。我赶快把话题岔开了,"我们来说说童话吧。"

我带着三个学生,一个硕士,两个博士,她们全是女生。当我把我的想法告诉她们,说起曲辰对安徒生的热爱时,她们反应热烈,积极地出主意,献言献策,最后把此次课程的题目定为《童话与我们的生活》。她们一直在期待着这次不同凡响的讨论课。而曲辰还有些紧张,他完全不知道这节课要干什么,对他有什么意义。我劝慰他,他什么也不用干,他只讲他自己就成。

果然,开始时曲辰还局促不安,可是一讲到自己在狱中如何向狱友们讲述安徒生的童话,他仿佛就回到了那个特定的环境之中,他的讲述也不结巴了,流利异常。他绘声绘色,很会在讲故事中营造氛围,他向狱友们讲《跳蚤与教授》的故事的场景,被他巧言说出,竟然打动了我的那几个女学生。他是个讲话的天才,我听着他的讲述,也隐约看到大学时期那个能言善辩的学生会主席。

其实这节课的主角并不是他,他只是作为一个引子。他的讲述为这节课的讨论奠定了一个好的基础。在我的学生之中,系统地看过和研究过安徒生童话的没有,基本上都是看过一两篇。她们围绕着这个主题展开的讨论非常激烈。

薛小会说:"我们的生活不需要童话,我身边的人,从来没有听说谁还在看这一类的文学作品。对于我们来说,它是孩子们的专利。它是还未踏入社会的孩子们对于未知的社会的一种幻想,一种美好的愿望。一旦我们告别了童年,我们便不再需要童话。我们需要的是直面社会、直面人生的勇气,因为社会不像童话中那么简单地容易辨识,能让我们一下子看到哪个是好人,哪个是坏人。社会更复杂,也更凶险。"

黄莺儿说:"需要还是不需要,这不是一个问题。关键的问题是它还能给我们的心灵带来多大的影响。现代人的心灵是脆弱的,脆弱到只允许少数的、更简单的、更机械的某些东西来安慰,童话是这类东西吗?"

马悦说:"童话基本的文学的属性是不会改变的。它教化社会,启迪人生。尤其是安徒生,经典是永远需要的。这要看我们现代人如何去看待它。"

……

讨论一直持续了一上午。结束后我请他们在饭店吃饭,我问曲辰:"你觉得讨论得如何?"

曲辰满脸愁容,看看我,又看看我的学生们,他忐忑地说:"实话说,我没听懂。"

我说:"就你这句话,就是童话。"

我们的对话引得博士硕士们哄堂大笑。

已经是第四盒奶糖了。奶糖放在皮包里,皮包在汽车的后座上,可是那奶糖上的美人鱼像是从包里跑出来,在我眼前晃悠。奶糖令我心神不宁,浮想联翩。会是诗人何小麦吗?她去过欧洲,她给我寄奶糖与一个成功男人的隐私有什么关系吗?走神之间,便撞上前面的一辆宝马。宝马停下来,我坐在车里,还没缓过神来,美人鱼还在眼前晃。有人敲着我的车窗,我摇下来。一股脂粉气,是个女人,长发,戴墨镜,我等待着她对我破口大骂。情节却突然反转,墨镜摘下来,是一张漂亮的脸蛋。那张脸没有愤怒,只有微笑,她快乐地叫道:"董老师。"

我没想到，我撞到的是孟夏。

宝马车还能开，孟夏轻松地说："没事，撞坏了有人给我买。"

我和她有几年没见了，大约十年前，她主持读书栏目时，我作为栏目的策划，与她经常在一起讨论、争辩、研究。当时肖燕还十分反对我与她合作。最直接的理由就是因为她，曲辰进了监狱。我说："责任不在她身上，你觉得她爱过曲辰吗？"

肖燕低头不语了。除了曲辰自己，没有人能证明，这个如花似玉的女人爱过一个叫作曲辰的电视新闻记者。

我没有把她当成女神，所以在我眼里，她就是一个有姿色、性格豪爽、虚心上进、还爱耍点小脾气的年轻女主持人。那时候我刚刚当上文学所所长，获得了全国"五个一"奖，经常出席各种活动、会议，风头正劲。她很尊重我，我也非常配合她。在我们的共同努力下，读书栏目风生水起，在全省乃至全国有了不小的名声。而那一年，正是因为这个栏目的成功，孟夏获得了第五届河北省优秀节目主持人。她的演讲稿也是我起草的。我清楚地记得演讲稿中还引用了诗人顾城的那句名诗，"黑夜给了我黑色的眼睛，我却用它寻找光明"。颁奖那天晚上，她单独请我吃饭，喝酒。她换下晚装，穿着一身休闲装，看上去俊美清爽。那天她兴奋，也很忧伤，但她没有说她的忧伤来自何处，她喝了很多酒，我也一样。我把她送回家时，她紧紧地抱住我，没有让我走。之后我们又断断续续合作了大半年的时间，可是没有人提起那一夜的事情，好像我们彼此有一种默契，要保守那个只属于两个人的秘密似的，再或者，那一夜根本什么也没有发生。很快,电视台开始改革,收视率低的栏目陆续被砍掉,读书栏目位列其中。失去了能发挥她特长的最好平台,她不得已去了综艺栏目,之后我们便断了联系。

"这几年过得好吗?"在国贸酒店的单间里,一坐下,她就问我,"报纸上时常看到你的文章和访谈,你的名气越来越大。"

"挺好的。"我说,"名气又不能当饭吃。你呢?"

"你看呢?"她的头发烫得很夸张,脸就显得很小巧。

"我看不错,连宝马车撞坏了也不心疼。"我调侃道。

孟夏叹了口气,"除了容貌还在,没剩下什么了。"岁月好像只是在她脸上划过轻微的痕迹,她看上去依然那么年轻美丽。

"我都老了,你还是老样子。"我感叹道。

"我在做一个访谈节目,一周一期。时段不太好,夜已经很深了。"她把秀发向后拢了拢。

我说:"我知道,每期我都看。这个节目和你挺配的,说实话,你不大适合综艺节目。"

孟夏笑了,她没有问我对那个节目的评价。对于她来说,也许这些都已经不重要了,重要的是我们再次相遇了。

她特别健谈,这是她最大的变化,以前她只是静静地听我说,偶尔发表一下意见。现在,她好像是积攒了太多的话要向我倾诉,滔滔不绝,讲的都是工作,以及工作中遇到的各色人等,尤其是那个节目中她访谈过的人,她对他们非凡的人生特别感兴趣。我认真地听着,不时地插上一两句话。酒店单间里暖意融融,像是找回当初我们合作时的感觉。时光流转,现在正好相反,我们像是互换了身份。

时间过得太快,等她低头看手腕上的表时,已经是十点多了。她满含歉意,"见到你真好!"她浅浅地笑着,表情像个十七八岁的小姑娘,像我们第一次见面时一样。

我突然想起了包里的那盒奶糖,便拿出来递给她。

孟夏接过去,看了看说:"你肯定不是特意给我买的。"

"不是。"我诚实地说,"你知道是什么吗?"

她摇摇头。

"奶糖,丹麦的。你应该去过吧?"

她看着上面的图案,"去过。我去过哥本哈根,也见到过这个小铜人。谢谢你。"

我们走出酒店时,孟夏转头问我:"今晚你还有什么打算?"

我说:"没有,随遇而安。"

"那陪我走走吧。"

她意犹未尽,我没有理由拒绝。我们把车留在了酒店的停车场,徒步行走。我们沿着槐安路,把万达广场甩在身后,夜色中车流不断,偶尔会有一两辆疯狂的汽车呼啸而过。我们在高尔夫球场边缓缓地行走,她丝毫没有感觉到话语的疲惫。她给我讲去欧洲的经历,去北极的感动。她讲一个被访谈人的执着,讲他如何每天都给她送花,他滑稽的着装风格以及笨拙的求爱方式。她像是给一个亲人在讲分别后的一切。我们经过美术馆，经过民心河，来到了世纪公园。河边昏暗的路灯光下，仍然有一位老人在一动不动地坐着钓鱼。后半夜的公园静谧安详，像是个安然入睡的妇人。她挽住了我的胳膊，时而会把头靠在我的身上。

直到夜色慢慢退去，天光羞涩地揭开城市新的一天，随着不断变化着的光线，她美丽的面庞激情饱满，生动而丰富。我们拥抱了一下互相道别。看着她消失在我的视线之外，那个时候的我以为，在若干年之后，这个突然出现的女人，只是一个偶然。我深深地吸着清晨的空气。这个难得的夜晚，带给我的除了与其相见的愉悦，一夜未眠的疲惫，还有一丝的遗憾。在拿出那盒奶糖的时候，我曾经希望这是她的礼物，是她对过去美好岁月的留恋。

令我想不到的是，我们这一次的邂逅要继续向前滑行一段。一周后，我正参加一个作家的聚会，接到了孟夏的一个电话，电话中的声音绝望而悲伤，她说："你能不能来看看我？"

我到了她的家里，她泪流满面，扑到我的怀里。她没有说为什么，我也没问，那天晚上，她话极少，与撞车那晚截然相反。她是个沉默的人，只是让我把她抱得紧紧的。当我把她的衣服褪去时，我听得到丝质的衣服离开她肌肤的窸窣之声，我能感觉到她身体的战栗。这个已近中年的女人，身体还保持着年轻的弹性，她啜泣的身影像是一个小姑娘，惹人疼怜。我抱紧了她，那惊人的颤抖也传递到我身上，让我感觉到内心那莫名的空寂与悲凉,像是一个幽深的山谷。

天还没亮,我便醒了。我伸手没有摸到她,却闻到了淡淡的香烟味,是薄荷味道。我侧过头,看到旁边的沙发上,烟头的光亮一明一灭。我还没有说话,她开口道:"你走吧。我害怕在白天到来之时,看到你。一到白天,我就感觉到不真实。"

我知道,邂逅已经结束了。我穿好衣服,向外走。她又说:"你那盒糖我尝了一块,味道不是我喜欢的。"

"那你喜欢什么味道?"

"你猜猜。"

"荔枝味的。"

孟夏轻声笑了,"不是。谢谢你,我感觉好多了。也许再过几年,我们又在某地偶然相遇了。"

我摸了一下她的头,"也许吧。"转身离开了。

走到外面,已经是凌晨四点,月圆之夜,通向黑暗尽头的街道空旷而静谧,树木在深思,空气格外清新,我深深地吸了口气,整个城市都有一股薄荷的香烟味。我的身体轻飘飘的,又蜕去了一层皮。我一直觉得自己是个蜕皮的动物,会周期性地蜕去原有的皮肤,那些皮肤由不断变化的思想、意识、感觉、情绪组成。多少年来,我渐渐地蜕去了羞耻那层皮肤,蜕去了激情那层皮肤,蜕去了幻想那层皮肤……每一次,我都得到了某种意义上的重生。我也不知道,是越来越喜欢这样的蜕变,还是厌恶。

蜕去了一层老皮的我,很快就感觉到身体的沉重了,而那股薄荷的味道也很快消失了。突然间从斜刺里窜出一条浓重的黑影，直扑而来，容不得我有半点思考和躲闪的余地，我的脸上就感觉到了疼痛。城市在颤抖，身体摇晃了几下，我定下神来，才借着路灯光，看到对面站着一个人。我还以为是抢劫的，吓破了胆，下意识地说："大哥，我给你钱。"

黑影不说话，再次扑上来，对我一阵拳打脚踢。因为有了防范，我左躲右闪，一一化解了他的攻击。这个时候我才渐渐地发现，那个黑影有些熟悉。我愤怒地大喊一声："曲辰！"

是他。攻击我的是他。这个时间，他怎么会在这里？我脑子里一团糨糊。被我识破的曲辰好像突然就没有了力气，我那声喊像是狠狠地打在他身上，一下子把他击倒在地。他委屈地抽泣起来，肩膀一耸一耸的像个娘儿们。我蹲下来，就在我与他面对面，我们能够互相看到彼此模糊的面孔时，我心里都是坦坦荡荡的。我气愤地指责他："你在这里干什么？为什么打我？"

他停止了哭泣，用手胡乱在脸上抹着，"你在这里干什么？"他反问我，语气很冲。

他问得我倒有些不知如何回答。

"你理亏了吧？不做亏心事，不怕鬼敲门。"

"我做什么亏心事了？"我笑了。

曲辰用双手撑着地，欲站起来，可他试了几次，都以失败告终。显然，刚才愤怒的举动已经令他筋疲力尽。他只能怒气冲冲地说："我知道你干了什么。我知道你干了什么。"

看着曲辰，昏暗的光线中，仍能看得到他的形象，蓬头垢面，早已经不是二十年前的那个意气风发的曲辰。我不清楚，眼前这个人，为什么还会出现在我们的生活中。在生活的路途中，他早已经成了一个掉队者，一个失败者，我、肖燕，和他，早就不能同日而语，而他之所以仍然还在，是我还留恋过去的情分，还念及旧情，还在怜悯他。那只能说明一个问题，就是因为我蜕变得不彻底，不干净。我不知道该可怜他，还是应该痛恨他。我想狠狠地踢他几脚，还是放弃了。我抚摸着自己疼痛万分的脸颊，怒从心中来，"你想想你自己的处境，看看你这样子，你还有脸打我，跟踪我，你凭什么，你有什么资格？"

他愣愣地看着我，一时也不知怎么回答。这是一个令人尴尬的场面。就算是当年他无意杀了那个大学老师，做了天大的错事，我们相对而视时，都没有如此地难堪。停了足足有三分钟，他才小声说："我没有跟踪你。我是放心不下孟夏。"顿了顿，他又说，"我知道了，这里不属于我，我不应该再和你们见面。我不需要你们的怜悯和同情。你看看你们，一个全国闻名的知名学者，一个中学的特级教师，一个著名的主持人，我是什么，一个刑满释放犯，一个低人一等的人。"最后的几句，他几乎是在低吼，声音嘶哑而愤怒。

说完，他挣扎着站起身来，拍打拍打身上的土，踉跄着向东走去。我张了张嘴，伸出手，可是我没有喊他。我看着他，他像个垂暮的老人，摇摇晃晃，拖着长长的影子，一点点地消失在一排银杏树后。

浓密的夜幕被撕成碎片,开始快速而狂乱地奔跑。

从那以后,他不再搭理我,我们虽然几乎天天见面,却形同陌路。当我开车或者步行经过单位大门时,他也不再向我敬礼。

肖燕隐隐感觉到了我们之间有什么问题。她问过我,我告诉她什么事也没有。她不信,她又去问了曲辰。我相信,她从曲辰那里也没有得到答案。

曲辰,更专注地投入到寻找叶小青一事中。功夫不负有心人,他和肖燕的努力终于有了回报。他们找到了目标。一个周末,肖燕很晚才回家,她特别亢奋,向我宣布,他们找到了那个受害人叶小青。不过,她现在的名字改成了印彩霞。她向我讲了寻找到印彩霞的详细过程。那个女人看上去还很年轻,住在恒大城,桥西区,一个高档小区。她有个男孩,看样子是个初中生。表面上她是个幸福的女人,似乎以前的遭遇并没有给她的生活带来多大的影响。我打断她复述那个漫长而曲折的寻找过程,直接问她:"我就问你一点。她如何反应?她会推翻自己以前的证词吗?"

肖燕的表情一下子就凝固了,她叹口气,"跟你说话怎么那么无趣。你还会不会聊天?关键是我们找到了她,这是我们努力的回报,这只是第一步。你不知道,这段日子,寻找那个女人,像是我们俩共同的人生目标似的,在一次次的失败面前,我们越挫越勇,迎难而上,而没有知难而退。逆水行舟,不进则退,古人说得对。"

"从一开始我就知道结局。她不会搭理你们,她会对你们显出愤怒,会拒绝和你们说话,拒绝你们无理的要求。"我一针见血,直指软肋。

肖燕说:"要是都像你这样想问题,那就什么也别干了。是的,那女人一听曲辰提起他那个狱友的名字?立即就警惕起来。她脸色大变,威胁我们,要打110报警。如果她心里没鬼,为什么她会如此紧张,如此忌惮听到那个人的名字?其实在不断的寻找之中,我也渐渐地接受了曲辰的观点,那个在监狱中的人与聂树斌一样,是无罪的。"

"曲辰我了解。他没有任何生活的动力、人生的目标,所以他沉湎于此,可以理解。难道你也没有?你,一个人民教师,你的心思不用在教书育人上,却用在这么无聊的事情上。我真不知道是为什么。"我不解地看着她。我妻子肖燕,我们彼此间的默契越来越少,面目在稔熟之间其实已经变得面目模糊了。

肖燕停止她的讲述,坐到沙发上,回味着我的话,呆呆地看着电视屏幕。电视是关闭的,60吋的屏幕闪着黝黑的光。她能在里面看到自己的样子,黑白的肖燕,一个人民教师的样子,落寞而有些躁动。她自言自语也是在问我:"你觉得我做的事毫无意义?"

我说:"是的。毫无意义。无聊,无趣,无意义。"

"什么才有意义呢?"她仍旧看着电视屏幕里的自己。

"教好学生,当好老师。"

"我的学生满天下,我的学生北大清华一大堆,这一点我做到了。我现在是特级教师,经常有外校的老师来听我的公开课,我也经常到外地去讲课,这一点我也做到了。可是我怎么就没有生活的动力了,和你一样没了梦想呢?"她烦躁地说。

那天晚上,人民教师肖燕,对着电视屏幕,坐了很久很久。我不知道,在她的凝视中,梦想长什么样。

虽然疑惑已经在内心丛生,肖燕却没有退缩。她一如既往地陪着曲辰,在周末时间去尝试着各种可能。即使找到了当年的被害人,仍然无济于事,他们不知道下一步要做什么,只是凭着一种惯性在向前滑行。而且,她成了曲辰的一个牢固的精神支柱,她不断地鼓励着曲辰,仿佛,曲辰所面对的这一件事,就是一个天大的梦想,他在为实现梦想而努力奋斗。

夏天已至,阳光开始肆虐横行,炎热让这个北方城市无处藏身。人们开始向往有海风的地方,肖燕又在催促我,赶快开始我们定期的北戴河之行。而整个夏天,我被各种各样的学术活动包裹着,它们就像是我鲜亮的外衣,我需要它们来装点门面。我告诉肖燕,这个夏天只能爽约。肖燕很是不快。一到夏天,她的心情才会稍稍好转,北戴河之行更像是一次心灵的祭奠,或者一次生命的仪式,一年之中她都在等待着那次旅行的开始。她向往着鸽子窝。鸽子窝又叫鹰角公园,是北戴河的著名景点,毛泽东就是在那里写下了《浪淘沙·北戴河》。每年夏天流连在那里,我们都没有毛泽东的博大胸襟,有的只是平凡人的感慨与感叹，那里成了我们的追思感怀之地。尤其是肖燕，她感慨今不如昔，感慨人心不古，感慨年华的流逝感慨世事的沧桑，感慨梦想不知何时何故就悄悄地流失了，就像是干涸的水。有时，她还会感动得流下泪水。

但是我突发奇想，向她提议："我不能陪你去怀念过去，但有一个人可以。"

"谁呀？"

"曲辰呀。"我说，"他和我们一样，曾经怀揣同样的梦想，同样的期待，同样的憧憬。"

肖燕思忖良久，犹豫着说："不行吧？"

"怎么不行，他最合适。"我像是突然甩掉一个包袱似的，感觉很轻松。

我的建议最后还是被肖燕采纳了，在一个周末，她与曲辰一起坐高铁去了北戴河，而我则去了飞机场，奔向祖国的南方。等我回到石家庄时，酷暑仍在，肖燕他们还没有回来。我以为我会轻松地等待着肖燕的圆满归来，听她讲述他们对梦想的追忆。可是当天晚上，我就接到了她的电话，让我连夜赶到北戴河。她几乎要哭出来了，声音都变了调，"他被抓起来了。"

我一时没有反应过来，"谁？谁被抓了？"

"曲辰。他被警察抓起来了。我一点办法也没有。你赶快过来想想办法，得把他弄出来呀。"她哭着说。

我连夜坐火车往北戴河赶。晚上已经没有高铁列车，只有直快列车，开往燕赵大地东北部的直快列车还是那么慢，我躺在卧铺车厢里,咣当了一夜,目送着首都在夜色中匆匆而过,历时十个小时,才在第二天的八点多到达了北戴河。一路上我都在想着,到底出了什么事,曲辰惹了警察。一晚上我也没睡好,下火车时直打哈欠。凉爽的海风一吹,睡意更浓。曲辰不好好地享受凉爽的海风,又和警察打上交道了,真是恶习不改。

肖燕在火车站接我,一见面便迫不及待地催促我去找人把他捞出来。在出租车上,她断断续续地向我描述了事情的大概。他们每天都去一趟鸽子窝,连曲辰都有些烦了。有一天,他在外面等着肖燕,不一会儿却给肖燕打电话,他声音激动,也有些慌张地说看到了那个叫叶小青也就是印彩霞的女人。事情就是那么巧,肖燕也觉得巧。兴奋的曲辰语无伦次,话没说完就挂断了电话,肖燕再打过去,没有人接了。等她从鸽子窝公园出来,就找不到曲辰了。直到傍晚,她才接到了电话,号码是曲辰的,说话的却不是他。一个陌生的男人,一上来就自报家门:"我是警察。"这个女人这次真的动了怒,报了警。肖燕说她去了北戴河分局,曲辰显得很平静,他还安慰肖燕说:"我没事。你该去鸽子窝还去吧。"

肖燕当然没有心思再去鸽子窝,她懊恼地说:"不管怎么说,我也是有责任的,是我拉他来的,他出了事,我心中不安。"

我一边安慰她一边给秦皇岛的朋友打电话。朋友小边,笔名文飞,市委领导的秘书。爱好诗歌,他出书时我给他写过序,每年都给我寄点秦皇岛的土特产,陪领导去省里时也不忘请我吃顿饭。小边不接电话,却很快回了一条短信:"稍后我打给您。"我猜测，他一定是陪领导出席非常正式的场合，不便接电话。整整一天，我们就等待着小边的电话。肖燕不愿意回宾馆，我们就呆在鸽子窝公园，我们进去时天开始下雨，淅淅沥沥。即使如此，公园里也是人头攒动，一拨又一拨。我们只好躲在望海长廊里，躲避着不断挤来挤去的游人，忍受着他们的雨伞滴到我们身上的雨水。但是无暇抱怨，同样也无暇共同去追忆曾经拥有的梦想。我们看着灰蒙蒙的天，看着在雨中翻飞的海鸥，却异乎寻常地想着一件事，那个诗歌爱好者秘书的电话。肖燕浑身湿漉漉的，眼睛迷离。她这个假期算是泡汤了。她不断地催促我再给秘书小边打个电话。而我靠在石柱上，困顿无比，对她说："再等等，再等等。他会打过来的。小边是个靠谱的人，放心吧。"

黄昏就要降临了，看着太阳缓缓地向大海中坠落，一天就要在绝望中结束时，我已经动摇了，盘算着重新准备托另一个人时，小边的电话来了，一上来他先说对不起，"我们领导在陪中央领导，不便接电话。"

我突然蹦出一句："你去过丹麦吗？"肖燕凝着眉盯着我，问这句话好像成了我的一块心病。我立即改口，对小边表示了理解，便把大致情况向他转述一遍。小边很痛快地说："董老师您放心。小事一桩。"

放下电话没有五分钟，他的电话又打过来了，让我现在就去领人，并详细地告诉我去分局找谁谁谁。我礼貌地说晚上请他吃顿饭，小边说："董老师，应该我请您。但这次就算了，身不由己,我实在抽不开身,下次去石家庄我一定向您请教。"

我们顶着夕阳,匆匆赶往北戴河分局时,我对肖燕说:"你总是抱怨梦想破裂,抱怨我成了俗人一个,每天只会拉帮结派,吃吃喝喝,结党营私,利益互换,你看看,遇到真正的难题,这些起作用了吧?那些虚无缥缈的梦想呀,有什么用,真正的梦想是脚踩在大地上的感觉。"

她罕见地,紧咬着嘴唇没有反击我。

在避暑胜地,大海在我们南面,像是一个幽深的梦,伸向遥远的黑暗。我们各怀心思一起在海边散步,游客仍然如织,这是一个不夜的沙滩。沙子很软。北戴河的天气变化多端,白天下雨,晚上已经晴了,明月高悬,月光映在辽阔的海面上,大海像是一个巨大的黑色的吸盘,更像是一个庞大的深谷,要把那茫茫的黑暗之水都吸进去。

肖燕在小摊上一人给我们买了一套沙滩服,花里胡哨的,蓝蓝绿绿黄黄,上面有夸张的椰子树。所以我们俩的穿着有点滑稽,像是小丑。这有点像我们在大学时一起去盘旋路留念照相,一起去商场买同一样的外衣,一起去青海湖旅游……我们以前一致的方面太多了。可是现在,除了这一身衣服,我们再也没有可以拿来比拟的了。我对他是恨铁不成钢,他也一样,在心里可能是恨我多一分。他一直怪罪说,不应该管他,让他在里面呆着,他严肃地说:"那才是我应该呆的地方。"他把沙子踢来踢去,发泄着不满。肖燕试图想忘记这不愉快的一个假期,她提起了那次我们一起去刘家峡的经历。我们三个人,在游历完黄河上游,领略了祖国的母亲之河是如何以险峻之势完成它最初的奔流后,我们还来到了向往已久的刘家峡水电站,造访了炳灵寺。为了省钱,我们决定走夜路回永靖县城。也是个皓月当空的夜晚,山区的羊肠小道,隐隐约约地盘在黑暗之中,像是一幅远古的中国画,山路开始还是温柔体贴的。这让我们想起许多著名的临夏花儿。我们班有一个临夏来的男生,笔名叫骆驼,几乎会唱所有的临夏花儿。我不喜欢那种腔调,我还是喜欢我们家乡的《回娘家》这样的曲调,但是曲辰喜欢,他喜欢所有新奇的东西,他向骆驼学了很多临夏花儿。这也是他广受女生喜欢的原因之一。我们还是头一次被淹没在夜色包裹着的山路上,起初是兴奋,华北哪有这样的情景。肖燕就建议大家唱歌。我说唱《校园里有一排年轻的白杨》,肖燕反对,她说场合不对,情景无法交融。"此情此景,只有唱此地的歌。"她鼓动曲辰唱临夏花儿。曲辰放开嗓门,唱道:"东山的云彩西山里来,西北风吹给这雨来,拔草的尕妹们一溜儿,哪一个是我的肉。"他又唱,"花里头俊不过牡丹,人里头美不过少年。"大山、月光是最完美的舞台,我、肖燕,还有路边的野草、昆虫是最认真的听众。他唱了一首又一首,后来嗓子都哑了。我们也听烦了,肖燕说:"怎么都是这么流氓的词?"我们哈哈一笑,看到自己的身影,紧紧地跟着我们,是一个轮廓分明的黑黑的点。抬头向天空仰望,原来月亮已经爬到了正上方。一旦静下来,我们才发现,问题来了,先是感觉到了大山里的静,是死寂,是能够放大所有细微声音的寂静。昆虫的叫声，连野草的晃动之声似乎都能听得到。更令人惊惧的是居然有零星的狼嚎声。害怕从心里溜了出来，恐惧让肖燕的心态发生了变化，慌乱了，走路的姿态也变了，她大叫一声摔倒在地上，把我们俩的魂都吓飞了。她走平路崴了脚，疼得哭了起来。剩下的路我们俩轮流背着她。山路越来越长，越来越不可爱。我们开始诅咒这弯弯曲曲的山路，永远没有尽头的山路。后来好不容易我们看到了星星亮光，那是一个村庄，那亮光就是我们所有的希望，在牵着我们，鼓舞着我和曲辰残留的最后一点力气。我们赶到村子时，我和曲辰都瘫了。

说起这段往事，让我们短暂地忘记了现在。肖燕兴致很高，她提议曲辰再次引吭高歌一曲临夏花儿。曲辰想了想说："我得找找词，二十多年没唱了。"他想了好久，唱道："白杨树高么柳树高，白杨树的叶叶嫩了；新朋友好么旧朋友好，旧朋友的恩情重了……大山根里庄子多，庄子多嫁下的汉多；维了个朋友是货郎哥，货郎哥给下的钱多……灯盏没油添油来，手拿上拨灯棍来；我有个胆子进来，你没个胆子进来……"

那一夜，北戴河有些湿润。

曲辰与我的关系如故，他对我的冷战仍然在继续。有时候走过门口，我就想到了办公室的丹麦奶糖，在这个时间段里又多了两盒。我看着他冷峻严肃的面孔，犹豫着还是把奶糖的事放下了。

但是有一天，我不得不告诉他，不管他对我有何意见，他必须得和我出一趟远门。

"为什么我要和你一起?"

"因为你娘病了。"我说。

一听这话,曲辰慌了,慌得恨不得插翅飞回故乡。

我开着车在黄石公路上奔驰。我们的目的地是衡水武邑县清凉店镇。那是曲辰的家乡。一路上,曲辰都显得紧张不安,他脸色非常难看,想必是一夜未眠的缘故。听到老母亲病重的消息,让他彻底改变了出狱时的铁主意。他还是决定去见母亲,不管他多么不孝,人生多么失败,他都无法回避,在遥远的一个地方,一个行将就木的老人,是他心中永远的牵挂,也是最牵挂他的人。他选择了坐在后排的位置上。我从后视镜中看到他屡次身体前倾,试图想和我说说话,但最终都放弃了。一路无话,路途沉闷无比。

老天有眼,让他见了老母亲一面。

老母亲伸出颤巍巍的手,抚摸着他的脸、他的身体。曲辰像是在风中簌簌发抖的小树,哭泣着。母亲把他摸了个遍,对他说:"仙生每年都来看我。你让仙生给我捎的吃的喝的,我都吃了,喝了。我吃的时候,喝的时候,就想到你小时候在村子里跑的样子,你上房掏鸟的样子。你让仙生给我捎来的钱,我一分钱也没有花,都替你存着,我知道,你早晚一天会用上的。"她从枕头底下艰难地拿出一个脏脏的小包,是用手绢包裹着的。她把小包递到曲辰手里。曲辰回头看了看我。我把头转过去,不忍多看这令人忧伤的场面。

曲辰与母亲在一起相聚了一下午。母亲拉着他的手不放，实际上老人已经没有了力气，基本上是曲辰在抓着母亲的手。她用生命中最后的力气在讲以前的曲辰，讲他小时候，讲他上学时候的事，但她没有提一句曲辰进监狱的事。我走到了院子里，把时间留给了他们母子。我坐在院子里，看着两三只鸡在悠闲地踱步。院子和房子都很破败，房顶上还长出了草。他们说话的声音丝丝缕缕地能传到我的耳朵里，但听不真切，基本上是老母亲在说。我相信，那是曲辰生命中最美好的一个下午。我也感觉内心澄澈明净。时间仿佛一下子慢下来，静静地如细水长流。我耐心地看着屋檐的影子一点点地挪动，一寸一寸地把我罩起来，那夏末秋初的阴凉是如此地清爽美好。

当院子里再也看不到房屋的影子时，屋子里传来了曲辰的哭声。

那天晚上，守在母亲身边的曲辰突然真诚地对我说："谢谢你为我做的一切。"

我说："我答应过你，替你照顾好老母亲。"我知道，不管到何时何地，这是我永远无法蜕掉的一层皮。

他又哭了。哭过之后，他说："我把你的钱还给你。"

我摇摇头，"听你娘的话，那钱是你的。你娘说，你早晚能用上它。"

第二天，我一个人开车回去，有一个省委宣传部的文化座谈会要开。曲辰在家安排母亲的葬礼。他在老家给母亲过了头七才回来。回来后的曲辰对我说他突然有了梦想，他在城里完成答应狱友小张的诺言,便要回到老家,守着地下的母亲。他说,他们那里的很多土地都荒了,没有人愿意种田。他要回去承包几亩地,种果树,大枣、梨、苹果,做一个有梦想的人,一个痛改前非的人,一个有用的人,一个有意义的人。

从那以后,我和曲辰的关系有所缓和。他又开始向我敬礼。

那年的冬天,许久没有露面的诗人何小麦兴致勃勃地要请我吃饭。我警惕地说:"不去酒吧。"

"请你吃饭,当然地点你定。"她的声调有些像林志玲。

但是在光明渔港,她依然自带着英格兰的威士忌。她说这是她从英国带回来的,我一看威士忌就想到曲辰说的话,就紧张。这像是套取隐私的药引子。我赶紧说:"我喝啤酒。我喝不惯洋酒。"

何小麦说:"我不管你喝什么,反正我只喝威士忌。"

何小麦请我吃饭的目的有两个,她毫不隐讳,一是她写的有关曲辰与他的狱友的长诗就要出版了,她想搞点活动,在社会上制造点响动,第一步是在新华书店做一个新书发布会,想请我去,还要请曲辰也去。这个我答应了,但是曲辰那里我做不了主,得问后再定。她从LV包里拿出一个信封,递给我,"这是出场费,我先付你了。"我随手放到口袋里,听她讲第二个请求。她说:"你不是和宋玉老师熟吗,我想请你引荐一下,我想去长沙见他,我这本书,想申报他们办的那个但丁诗歌奖,你也知道,这个奖在诗歌界地位很高。"

我想了想，我和宋玉关系很好，只要有益于她，我乐意做这个引荐人，但是有一点我有些犹豫。我说："你也知道，宋玉嘛，这个宋玉，有点……有点……"

何小麦说："好色。天下谁人不知，这算哪门子事呀。这是他的公共隐私吧？你忘了，我最擅长的是什么。"

我想起她的收集隐私癖，便说："好吧，我给你引荐。"

突然之间我想起一件事，问她："你去过丹麦吗？"

何小麦说："去过。不过我不太喜欢那个国家。"

"为什么呢？"

"太井井有条了，没意思。很奇怪，那种地方怎么会诞生一个叫安徒生的老头。"何小麦说，"我想去那里，是因为一个诗人，英格·克里斯滕森。你听听她的诗句：鸽子存在，做梦者，以及玩偶；杀人者存在，以及鸽子，以及鸽子……日子存在，日子和死；以及诗存在……"

在何小麦的脑海里，是这种坚硬的令人感伤的诗歌，而不是安徒生，不是温情。但是那个遥远的地方，与我没有任何关系，我只想到了那盒奶糖。

她出发去长沙那天，在机场给我发了微信，是一张她的自拍照，搔首弄姿，穿得鲜艳无比。照片下还附着六个字"献给宋玉的礼物"。

诗人的脑子里在想什么？

小张出狱了。

小张就是曲辰的狱友,被他当成另一个聂树斌的人。曲辰很兴奋,而肖燕则有些许失落,她不再可能陪着曲辰去寻找所谓的正义,余下的日子,属于两个寻找幻想的人了。我回到家里,看到她像那天一样,坐在黑屏的电视机前,盯着电视屏幕发呆。我问她怎么了。

她说:"小张出来了。"

"哪个小张?"

"就监狱里那个,我们一直都在为他忙活。"

"你见他了?"

"没有。"忙活半天,她连面都没见过。

"那你应该感到高兴才对,就不用天天陪着曲辰做那些无用功了。怎么这么垂头丧气?"

肖燕想了想,"是呀。我怎么就高兴不起来。"

停了一会儿她又问我:"你说,他们能得到想要的……东西吗?"

"连你也怀疑了吧?"我说,"我并不看好,不靠谱的事,不着边际。"

曲辰倒是很执着,他执意要让小张来见见我。他想让我给小张一些鼓励,他说他告诉小张我是个什么样的人物。所以小张来到我面前时,紧张万分。小张是个很木讷的人,就像曲辰所说,他看上去很苍老,总是低着头,不敢正眼看人。他始终不说话,曲辰说一句,他点点头。曲辰说:"你应该有信心,有自信。你既然没做的事,为什么要背一辈子黑锅。"

小张点头。

曲辰又说:"你看到没有,董仙生,我大学同学,是我们省,啊不,全国的大评论家,名人。国务院每月都给他发工资。他的话你得信吧?他知道你的案子,他也不相信你做过坏事,他相信你能成功。必要的时候,他会帮助我们。"

小张抬起头感激地看了我一眼,泪水在眼眶里打着转,迅疾又低下头。他拼命点头。

他们向外走时,我拉住曲辰,疑惑地低声问他:"我什么时候说过那些话?"

"你没说过难道心里不是这么想的吗?"曲辰说。

我尴尬地不知如何回答,赶忙转移了话题:"这个小张是不是不会说话?"

曲辰说:"他只和我说话,话痨,多得很,就是那一套老话题。陌生人他从来不说话,他不信任何人,他只信任我。"

我想说些泄气的话,可话到嘴边又咽了回去。我摆摆手,让他走了。

他们的进展很不顺利。这我早就意识到了。参加何小麦的新诗《幽暗之光》发布会时,曲辰一直愁眉不展,正当何小麦意气风发地给读者签名售书时,被晾在一边的我偷偷地问曲辰,是不是遇到难题了?曲辰苦笑,"是啊,还在原地踏步。我们找到了更近距离接触她的时机,因为我发现,她也不想把事情闹大,她好像有某种顾虑,不想让她的家人知道这件事。你说她为什么要改名？为什么要躲避她的家人？肯定是心里有鬼。但是她就是一口咬定，十几年前那个侵犯她的人就是小张。她说，你就是变成鬼，化成灰，我都认得出来。小张很痛苦。他在监狱里拼命地努力，减刑提前出来，就是要见这个女人。可她一点希望都没给他。"

现场气氛热烈，人数众多，到场的以诗歌爱好者居多，我看到有很多似曾相识的面孔。发布会因此推迟了半个小时，我站得都累了。曲辰一直看表。他说他和小张还约好了一起去找那个印彩霞。发布会终于开始了，何小麦不仅是个男人隐私的收藏者，一个特立独行的诗人，还是一个会推销自己的讲故事高手，她把自己这部长诗的背景说得荡气回肠，好像每一句诗后面都是一个悲情的故事，都躲藏着一个阴暗的心灵。然后我说了几句冠冕堂皇的话，参加此类活动太多了，我感觉自己就像是个机械人，在哪个场合，说什么话，都有一套固定的模式，无非是称赞诗作，拔高艺术水准，肯定思想高度。我的话引来读者的阵阵掌声。轮到让曲辰发言了，何小麦显得很激动，面色娇艳红润，几乎是含情地看着曲辰。曲辰看看何小麦，他没有见过这种场合，有些发蒙，张了张嘴没有说出话来，我们耐心地等着他，连读者都那么期待地看着他，因为主持人说他就是这首诗的源头，也就是这部长诗的灵魂，是幽暗之光。大家都想看看光之灵魂是如何附在一个刑满释放犯身上的。憋了半天，曲辰才犹豫着问："我说什么？"

下面有一些小的骚动。何小麦说："你想说什么就说什么，最真实的想法，最真实的感受。"

"我想说什么就说什么？"

何小麦鼓励地说："说吧。"

我冲他点点头。

曲辰说："那我就说了。我虽然离开这个社会二十年，可是我觉得不管是在哪里，在监狱里，在监狱外，大家对于美的认同是有一个标准的，审美从古至今都不会有多大的偏差。我记得诗歌是颂扬美好的事物，美好的人性的，比如《诗经》里的，关关雎鸠，在河之洲，窈窕淑女，君子好逑。可是，这本书里的诗，写的完全是恶，是阴暗面，是不可告人的丑陋。你们为什么还那么喜欢？那么推崇？……"

何小麦的脸色变了。主持人赶紧截住了他："好的，诗中的主人公之一，当他解读这部佳作时，他是用书中的灵魂，在对这个社会、这个时代，发出他的质疑与困惑。这也是这部长诗带给我们的震撼。谢谢曲先生。下面……"

曲辰搞砸了新诗的发布会。发布会匆匆结束，有不满的粉丝还踹了曲辰一脚，何小麦一言不发地在众多读者的簇拥下扬长而去。他们的下一个目的地是酒吧，到酒吧里喝威士忌、读诗。

曲辰委屈地说："又不是我想说。我不想说，非让我说。我说错了吧？"

我的评论集《听，那精神的轻唤》入围了全国最高奖"文学评论奖"的最后获奖名单，获奖篇目正在网上公示。我已经接到了无数恭贺的短信、微信和电话，我已经让研究生黄莺儿安排好请客吃饭。而肖燕对我的获奖似乎无动于衷，她挖苦我说："你写的那些东西都能获奖，这都是当下文学的悲哀。"

我有些不满，"你看过吗？你认真地看过我写的论文、文章吗？"

"没看过。"肖燕说，"因为不值一看。"

"你看都没看。你怎么知道不值一看？"

"就是不值一看。"

我懒得和她理论，这个时候电话响了，是我的研究生马悦。马悦急急忙忙地说："老师您赶快上网看看吧。"

"怎么了？"

"有人举报您获奖的书里，有一篇文章涉嫌抄袭。网上吵得可热闹了。"

在看到网上的举报内容前，我还是很平静的，这事不可能发生在我身上。我是个爱惜羽毛的学者，从不做那些令人不齿的事。可是看到网上的匿名举报内容，我有些动摇了，不平静了。这篇写乡土文学的文章是出书之前才写成的，在《文学争鸣》上发表，《文学争鸣》的命题文章。我没有时间去写，便把大概的想法告诉黄莺儿，基本由她来完成的。文章写成后，我只做了简单的修改，便发给了催命鬼似的《文学争鸣》的苏主编。这时，黄莺儿打来了电话，愧疚地向我道歉，她说，她写的时候根本没多想，写到那里时，那些观点好像就已经在她脑子里形成了，顺手拈来，她根本想不起来，那是她曾经看过的她一个硕士的师兄写过的主要观点。她哭着说："对不起老师，我真的忘记了。"我虽然心绪难平，但强压着怒火安慰她："没关系。这和你没关系。"我突然想起她是老焦介绍给我的，如果不是这件事，我早就忘记了，她是一个勤奋上进的姑娘，于是我问她："你去过丹麦吗？"

黄莺儿愣住了，"老师您说什么？"

"没什么，没什么。"我说，"挂了挂了。"

随后打来电话的是老焦，这有些意外。老焦完全是关心关怀的口气，他说："老兄啊，不用顾及网上的流言蜚语，你是一个正直的人，走得正行得端的人，谁不知道呢。那点小毛毛雨无足挂齿，轻如鸿毛。走自己的路，让别人去说吧。"他停顿了一下，"不过，你得奖的消息可是传遍了，全院上下都等着你来请客，昨天院长还问我，什么时候给你开庆功会。可是今天院长有点不高兴，他就不直接找你了，让我转达你，让你好好给评奖委员会说明情况，不隐瞒事实。事实就是事实，谣言无论披上多么华丽的外衣毕竟也是谣言。保重啊老兄！"

我无言以对。我知道这是老焦早就给我下好的套，可是我太过自信和自大，无意间留下了一条缝，就让他给钻进去了。我只能认下这一步棋局，因为这是我的失算。第三个电话是评奖委员会的副主任委员姜先生打来的，他张嘴抱怨道："你电话这么忙，一直占线。"

我连忙道歉，"所有的影响都由我来承担，不管评奖委员会做出什么决定我都坦然接受。"

姜先生便消了怒火,安慰我一番,鼓励我下次再努力之类的,便挂断了电话。我呆呆地坐在那里,不知道要干什么。

在我一直通电话的过程中,肖燕在旁边敷面膜,刷微信,一如往常。等我呆坐在那里,任凭电话仍然响个不停时,她拿过我的电话,调成静音,对我说:"完了?"

"完了。"我说。

她那张贴着白色油亮的面膜的脸,毫无表情,"这个奖对你重要吗?"

我木然说:"重要。"

"什么对你不重要呢?"

"你说什么?"我的脑子一时缓不过神?我虽然已经在最短的时间内把那篇文章与老焦,与我的学生黄莺儿的关系理顺,可我还是无法在短时间内说服自己。

"我是说,什么才是你可以放得下的呢?这么多年,你像是一个饥饿的人,疯狂地占有,疯狂地攫取,你想得到所有可以证明你身份地位的证书、奖励、职位、津贴,连我都替你累了,你却从来都没有感觉到疲惫。"肖燕的脸像是个玩偶。

"如果我一无所有,像曲辰一样一无所有,你能满意吗?"我问她。

肖燕想了想,"不能。"

"那你让我怎么做?"

肖燕说:"我不知道。反正不是现在这个样子。"

一连几天，都有人发来信息和问候，劝慰我，替我惋惜。尤其是始作俑者黄莺儿，每天都会在我面前哭诉，哭诉她的无意，她的大意，她的马虎。最后她会颤巍巍地问我："董老师，我能如期毕业吗？"每一次我都会说："跟你没关系，跟毕业没关系。"可她第二天仍然会哭丧着脸出现在我面前，像是一个天天要去火葬场的人。

就连曲辰，也不知从哪里得到了消息，他竟然说想请我吃饭。我们坐在马路边，已经是深秋了，路边的烧烤摊生意稀落。坐下来后，曲辰说："有两个事，一个是你的，一个是我的。先说哪个？"

我说："说你的。我知道你说的第一件事是什么，第二件我不知道。"

曲辰说："那好吧。还是小张，他要疯了。每天他都给我讲一遍事发时的情景。他说他确实见过那个女人，但他不知道她叫什么，做什么工作。整个夏天，他每天骑车下班时要穿越一条胡同，都会从她家门口经过，几乎每次，他都会看到那个女孩坐在窗子前的一张椅子上看书。通常都是黄昏时分。窗前女孩读书的场景太美了，他经过时就会情不自禁停下来，多看两眼。入梦之后，那个场景也会反复地出现。他不断地问自己，难道就是因为我喜欢美好的东西，欣赏美好的东西，就有错了吗？"

"没错。美好之所以存在，是因为人们都喜爱。"我说。

"是啊，小张也真是委屈。"曲辰说，"他仅仅是想把那个场景留在他的脑海中,仅仅是想多看那个女孩两眼。那个女孩显然也注意到了他,她肯定是留意到了一个年轻的小伙子,支着车子如饥似渴地观看她的样子。女孩并没有因为有人窥视自己而羞涩,她可能也很享受这种关注。在他们两人之间,或许形成了某种默契,一个专注的读书人,一个投入的观者。谁也没想着改变这样的情景。所以,当有一天晚上,谁也不愿意发生的事情发生时,在黑暗的保护下,女孩没有看到那个行凶者的真面目。但她向警方可以提供的唯一的线索就是那个支着自行车窥视她的年轻人,小张。那个时候,那个美好的场景对于她来说已经完全是另一回事了。"

"如果没有后来的事情,这是一个好的故事的开始。"我叹息道。

曲辰说:"是啊,谁说不是呢,造化弄人。开始阶段,印彩霞还是一口咬定,那天晚上的那个行凶者就是他,她反问小张:'如果不是你,法院为什么判了你十五年徒刑,为什么你自己都承认了?'后来,我们不断地打扰她,牛皮糖似的粘着她,让她倍感压力,她明确地告诉我们,她的丈夫、孩子都不知道她的过去,她也不想让他们知道这一切。所以还是劝我们,不要再找她,而是去找法院、检察院、公安局。再后来,印彩霞说:'即使我说不是你,我有证据吗?法院会听我的吗?'小张想请她一起去当时判案的法院,向他们说明情况。印彩霞指责小张:'你们还想让我好好活着吗,你想毁了我的生活吗?'小张和我,一筹莫展,不知道下一步要干什么。"

我说:"绝望了吧?"

"是的。"曲辰说,"小张彻底地绝望了。他觉得,他活着的唯一的希望就是找回骑自行车穿过那条胡同时的自己。如果找不到,他活着已经没有任何意义。"

我盯着曲辰同样失望的脸,问:"你找我是想得到一些精神上的支持?"

曲辰说:"我不知道。看着绝望的小张,那天晚上,他想到了死,他跑到社科院的楼顶,他说他想从那里跳下去。但是他是个胆小如鼠的人,他哭着说,他连死都不敢。我害怕地紧紧抱着他,唯恐他真的跳下去。就在我抱紧他的那一瞬间,我突然意识到,原来我也被别人的命运左右着。如果他真的跳下去,我该怎么办?对于我与小张,也许是我们距离现今的社会太远了,我们都不知道该如何应对,我们手足无措,慌不择路。"

我问他:"你知道了我的事?"

曲辰点点头。

"你看到了什么?"

曲辰仔细地看看我,点点头又摇摇头,"我没看出什么。"

我说:"我知道你的另一个目的,是想来安慰我,安慰我丢失了一个已经到手的大奖。我只能用我的经验来告诉你,所有的宽容与大度,人文情怀,都是扯淡。你别指望别人会对你心慈手软,会对你良心发现。"

肖燕虽然已经失去了与他一起去寻找印彩霞时的热情,但她仍然对这件事满怀热忱。她想起了安徒生,想把它送给小张。

那天晚上,她把那套绿皮的安徒生摆放在茶几上,一遍遍地抚摸着它们,就像是抚摸自己的宝贝孩子。我劝解她,舍不得就算了,就是给他安徒生,又能怎样。肖燕说,听曲辰说,这个小张,在监狱里最喜欢听曲辰讲安徒生的童话,每次都痛哭流涕的。如果以前能给他生活的勇气,现在,也能给他展望未来的信心。令她意外的是,不管她把安徒生说得多么好,不管她如何说,在安徒生的每一个童话里,都寄托着一个梦想,小张也没有接受她的馈赠。他看都不看安徒生。他说他不需要这些精神鸦片,不需要那些虚幻的梦想,他需要的是能够看得到的、摸得着的那个人,那个真实的、明明白白的自己。

坐在我家客厅里的曲辰,面前摆放着那套退回来的安徒生。曲辰显出了无奈,他像个孤独的漂泊者,看不到大海的边际。梦想早就破灭的肖燕却信心仍在,她问曲辰:"你是不是在小张身上看到了你自己?"

曲辰惊惧地看着她,"我想都没想过。"

肖燕说:"那是因为你不敢想,但是你潜意识里肯定是有这个念头,而且这念头还很强烈。你和小张,都不想承认贴在你们身上的标签,不承认你们现在的身份,你们想让时间倒流,让记忆消失。"

曲辰脸都白了,眼睛红了。

"对于你来说,想要彻底告别过去是不可能的。但是你从小张身上看到了希望,你已经把你和小张的幻想绑在一起,那是你们共同的梦想。"肖燕不愧是一个出色的语文老师,她的分析让曲辰心惊肉跳,连我这样一个评论家,一个自认为对经典文学人物已经了解得透彻的人也不得不佩服。那个夜晚,我和曲辰,都成了她的学生。

肖燕接着说:"你比我要幸福得多,毕竟,你和那个小张还有梦想。不管那个梦想是不是合理,是不是合法,但它毕竟是一个实实在在的梦想。你想得到我的建议吗?"

曲辰拼命地点点头。

肖燕说:"牢牢地抓住它,去实现它吧。梦想稍纵即逝。"

我相信,肖燕的话给了曲辰巨大的精神上的支撑,让他抛弃了绝望与无奈,带领小张,走上了一条追寻他们卑微想法的不归路。

黄莺儿一直处于忐忑不安之中,在我面前谨言慎行,唯恐说错一句话。她越表现得像是犯了错,心里有鬼,我越不知道如何坦然相对,弄得我们俩像是互相提防的对手。终于,我无法忍受这种局面,把她单独叫来,想和她好好谈谈。

我还没开口,她先紧张地说:"老师,没有马悦她们吗?"

"没有。"我说,"今天我们不说课题,说点别的。"

她低下头。

"你去过丹麦吗?"我冷不丁地问她。

黄莺儿惊讶地抬起头,"老师,上次您电话里问过我了。我没去过,我没出过国。"

我说:"啊,我忘记了。我找你来,就是想告诉你。那件事情已经过去了。对我对你,都已经过去了。你不要总是感到愧疚。"

黄莺儿脸色绯红,"老师,我什么也没做。我和焦叔叔什么关系都没有。"

我摇摇头,"我不关心你和老焦什么关系。我只知道,你是我的学生,我是你的老师。我希望我能把我自己最好的知识都教给你,我也希望你能做一个优秀的学者,没有别的。"

"老师,我和焦叔叔真的什么关系都没有,我无意中犯的错跟他也没有关系。"她脸色又变白了。

我越显得真诚,黄莺儿越觉得惊恐万分。谈话其实已经无法进行下去,我挥挥手,"算了,今天就到这儿吧。"

她一步一回头,走到门口,还给我鞠了一躬。

唉!

我心绪难平,立即拿起电话给老焦打电话。他的副院长任命很快就要下来了,他正志得意满。我说:"老焦,不管我们俩之间如何竞争,我都不希望你把一个无辜的孩子牵涉进来。"我没等老焦回答便挂断了电话。

与老焦较量的落败,除了让我感到失落之外,也许并没有什么影响,我仍旧是一个有分量的评论家,来寻求我帮助的作家诗人们依旧趋之若鹜,我依旧去各地讲学,在妻子肖燕的眼里,我也依旧是那个被梦想抛弃的人。

不仅仅我是个被梦想抛弃的人,有一天,我接到了孟夏的电话。电话里的声音很是焦虑,她问我还记不记得一个叫何小麦的女诗人。我说:"我以为你已经消失了,我需要再等待若干年,才会在某时某地,和你邂逅。"

她说:"你别打岔,回答我的问题。"

我问她怎么了,我经常能见到她。孟夏说,以前她上过我的节目,还是你介绍的,但是现在她提出了一个无礼的要求。

我有点紧张,"什么要求?"

"要和我谈谈男人。"电话里的孟夏很是气愤,"非常无礼,这是对我的底线的挑衅。"

我安慰她,让她不要理睬那个疯子女诗人。我说:"她的念头是我们无法理解的。"后来我问她最近生活怎么样。她回答说,很好,好得不能再好。我们闲聊了几句,就在我觉得无话可说,要挂断电话的那一刻,有一个想法突然冒了出来,我冷不丁地问她:"你还有没有梦想?"我记得,当初主持读书栏目时的那个年轻美貌气盛的孟夏,梦想着用书籍照亮所有人平凡的心灵,照亮所有人前行的路途。

她略微犹豫了一下,也许她早就忘记了这两句话,早就忘记了读书栏目,她有点动情地说:"仙生,我告诉你。我现在脑子里经常想到的是一个场景。那是小时候,大概七八岁,我父亲领着我,在我们家楼下的人行道上,在夕阳的余晖中,监督着我翻跟头的情景。便道上铺着灰色的方砖,紧挨着马路,有一排排的法国梧桐树,树皮斑斑驳驳,很是好看。西边是一个新华书店,夕阳就从新华书店的楼上照过来,映在父亲身上,父亲的脸是昏暗的,但他的目光却是亮的。我翻了一个又一个,我的身体轻盈无比,整个世界都随着我翻滚、旋转。那一刻,我觉得,整个世界都是我的。现在我只有一个梦想,那就是回到七八岁时的自己,我迫切地想在父亲的目光中,再把整个世界旋转起来。"

我说:"这也不难。我们可以找一个地方,轻松地让你梦想实现。"

她有点激动,"真的吗?"

我说:"当然,我的一个学生,经营一个健身房。他那里地方很大,足够你翻上千个跟头。"

对于我的提议,孟夏很是兴奋。我们讨论了具体的细节与时间,我说,我可以让我的学生停业,等待着我们。我还建议她早点准备好翻跟头的服装与鞋子。孟夏兴趣盎然地说:"当然,我要好好地准备。"我说:"我可以来代替那个明亮的目光。"孟夏笑了。最后我们约定,在周五的晚上,我在健身俱乐部的门口等她。

约定的时间,也是夕阳西下,余晖绚烂,只是,我没有见到法国梧桐。

她却没有来。夕阳很快地就落在了高楼大厦的另一端,此时,光明跌落,夜幕拉开,城市像个巨大的制造黑暗的机器,瞬间就把余晖搅进了黑暗之中。汽车、灯光,就连我,都是这个巨大机器的一部分零件,我们各就其位,共同生产着城市的梦想与传说。闪着刺眼灯光的汽车组成了一条条的河流,我隐约看到,孟夏,那个梦想回到过去的人,在汽车的河流之上,翻着跟头，追逐着已经落下的夕阳而去。

没有人会想到那个意想不到的结局。

小张最终还是没有能够逃脱掉他内心的折磨。我们不知道，在整个事件的进展中，曲辰到底起了什么作用，因为小张这个人，他是无论如何也不会鼓起那么大的勇气，去做一件天大的事的。他软弱胆怯的性格，决定了开始，却无法预见到未来。我和肖燕都相信，决定结局的钥匙在曲辰的手中。

那个寒风凛冽的冬天，我们只是知道了一个结果，后来具体的情节我们是从电视上看到的，那已经是一年之后，在中央电视台的法制频道《一线》上，有一期节目叫作《悔恨的泪》，讲的就是小张如何再次犯了罪，走上不归之路的。主持人的解说里，没有说小张内心的挣扎，一开始就认定了小张以前的犯罪事实是成立的。电视上的小张剃了头，眼睛很亮，很坚定，不像我们见他时头发蓬乱，目光茫然无神。他说，他已经彻底放下了内心的包袱，他从一个被别人冠名的坏人，变成了一个地地道道的坏人。他反而内心感到了十分的安宁，镜头里，他咧嘴一笑，笑得还真是轻松。他说："我现在可以对她说，对不起，请你原谅我了。"电视里也有曲辰的几个镜头，曲辰说，是他给了小张勇气，他不知道，为什么会给他那样的建议，他只希望，时间快快地过去。

回到我们最不愿提及的那个阴郁的下午。曲辰和小张要去见印彩霞，曲辰对我说，这次是印彩霞提出要见面的。这让他和小张都感到有些不可思议,以前躲都躲不开他们,为什么这一次却如此主动,这反常的举动也加深了曲辰的忧虑。他说,也许这是最后一次,如此下去,小张的精神都会出问题,他怕小张承受不了。

实际上,这一次,小张的精神没有任何问题。

到晚上九点多,曲辰给我打来了电话,他说,对于我们俩,可能这是最后一个电话。他的语气听上去有些奇怪,好像是如释重负的一种感觉,他说,小张做了一件惊天动地的事。我问他是什么事。曲辰说,他真的强奸了印彩霞。原来,他们去见印彩霞,印彩霞拿了两万块钱,她希望小张拿上这些钱,跑得远远的,不要再来纠缠她,影响她正常的生活。小张愤怒了。曲辰说他第一次见到小张愤怒。小张看看曲辰,明显地想从他那里得到力量。曲辰拍拍他,"兄弟,你怎么想的就怎么做吧。"曲辰说:"就是这样,很简单,十几年前他没做过却背负了十几年的事,今天做了。"

已经没有必要再来纠正他,关于十几年前,小张是不是真的做过那件事,这已经不重要了。

曲辰说:"我也逃不了干系。有点遗憾的是,我在农村的梦想无法实现了。我只有一个牵挂,每年的清明,还得麻烦你,去我母亲的坟头上烧一炷香。"

我没有在他被警察抓走前见到他。在电话里,我听到的他最后的话是他的忏悔。他向我透露了一个藏在内心的秘密。他向我忏悔,他说,他有深深的罪恶感,当他看到我和孟夏在一起时,他的怒火冲昏了头脑,他对我的态度发生了转变,他对这个陌生的社会产生了仇恨,他知道,他和小张,对于我们来说都是怪物。所以当他和肖燕去北戴河时,他一股脑儿地把我如何诱导他去偷老焦的笔记本,如何与孟夏在一起,都告诉了在北戴河找寻旧时梦想的肖燕。他痛哭流涕,分不清是因为再次要入狱,还是悔恨,"请你原谅我。愤怒让我变成了另外一个人。当然,这就是我人生最致命的弱点。我的人生就是因为这样的不冷静出现得太多而发生了改变。"

我不知道该如何回答他,是安慰他还是安慰我自己。但我最直接的反应还是震惊,不是因为他向肖燕告密,而是因为肖燕的反应。她明明早就知道了我与老焦之间那些龌龊的小动作,这是她最不齿的。早就知道了我与孟夏的苟且之事,这也是她痛恨的。可她什么也没有说。我放下电话,曲辰告诉我的那个令人痛心的故事似乎变得不那么重要了,我的脑子里全是肖燕,我的妻子,从那个满怀梦想和憧憬的大学生到现在的中年女教师。难道,这就是生活的全部?

小张被判了死刑,在那年冬天被处决。而曲辰再次入狱,这一次,曲辰换了一个监狱,那个监狱离石家庄很远,一直向北,在河北的北部,冀东监狱,那里的监狱长不是我的党校同学,他们得照章办事。我们去探过监。肖燕还带了那套《安徒生童话全集》。曲辰对那套书没显出过分的激动,他说,这里的人不喜欢听这类故事。我们看到,曲辰比在外面胖一些了,目光平和,他说他想看一本书,就是诗人何小麦写的那本《幽暗之光》,我答应回去给他寄过来。

临走时,曲辰笑着说:"你们,何小麦,还有孟夏,在另一种牢笼之中。"他终于说到了孟夏。

在回程的路上,我们一路无语。我们在想着曲辰那句话。快要到石家庄时,肖燕说:"是不是我们对不起曲辰?"

我想了想说:"不,是他,是他对不起这个时代。"

沉默。

我突然想到了孙尔雅,我说:"我想去一个地方。"

"哪里?北戴河吗?"肖燕问。

我说:"不。云南勐海,一个山村学校。"

肖燕惊讶地看着我。

我坚定地说:"我一定要去。"

惊讶从她的脸上慢慢地退去,她说:"我已经有一个月没有在微信上看到她的消息了,她令我非常担心。我也想去看看。"

在很长时间里,肖燕都无法从曲辰再次远离我们生活的阴影之中缓过神来。她有一种深深的愧疚感,她觉得自己影响了曲辰对于事情的判断,影响了他对社会的判断。多少次,她都在半夜里醒来,她说她在梦里看到了曲辰,她在反复向曲辰说那些关于梦想的话。

丹麦奶糖仍然会收到。一直持续到曲辰再次从我们的生活中消失后一年,之后在杂乱的书信和快递之中,再也无觅它的踪影。我甚至开始怀念时常有糖果到来的日子。这一次,我已经无人可送，它已经积累到六盒，放在我的办公室桌子上，已经相当可观。我尝试着打开一盒，拿出一颗，放在嘴里，甜。甜味不像我们国家的糖，没有那么浓，如同刮过一阵香甜之风。淡淡的甜味慢慢地从舌尖、口腔、大脑神经，向全身蔓延，舒畅无比。我又蜕去了一层皮，是该忘记它的时候了。也许，生活就是这样，当多达六盒的甜蜜堆积如小山时，谁还想去思考那些干扰我们正常生活的烦恼呢。

2016年9月28日

刘建东，生于1967年12月。中国作协全委会委员，河北省作协副主席，文坛"河北四侠"之一。1989年毕业于兰州大学中文系。鲁迅文学院第十四期高研班学员。1995年起在《人民文学》《收获》等刊物发表小说。著有长篇小说《全家福》《女人嗅》《一座塔》，小说集《情感的刀锋》《午夜狂奔》《我们的爱》《射击》《羞耻之乡》《黑眼睛》《丹麦奶糖》等。曾获人民文学奖、《十月》文学奖、《小说月报》百花奖、孙犁文学奖、河北省文艺振兴奖等。多次入选中国小说学会年度小说排行榜。

姐 姐

魏 微

我一直想写写姐姐,她十七岁时的样子。她是普天下所有男孩的姐姐,也曾面目姣好,身形窈窕。我看见她从远古的地方走来,穿着布衣或锦衫,她的发髻旁也会插着一朵白色的栀子花吗?她走在不拘哪个朝代的街道上,总有男人的目光落在她的身上。才十七岁,胸脯饱满,屁股也是翘翘的。

男人的目光就落在这些部位上。

这些男人,多年前也曾做过弟弟的;多年前,当他们的姐姐也在十七岁的时候,他们是看不到这些的;他们非但看不到,还不允许别的男人看到;他们常常告诫自己的姐姐:不要这样,不要那样。

没事不要总趴在绣楼上。

走路时不要东张西望。

家里来了男客,要懂得回避。……

他们跟姐姐说这些的时候,似乎有点不大好意思,所以越发要板起面孔,或是背手踱上两步,那样子就像一个成年人。他们一边说,一边还要打探姐姐,因为不放心,不晓得自己该不该这样说。那么这个做姐姐的,同时也在打量他;她懒洋洋地倚在廊柱上,双手抱胸,以那种玩味的、居高临下的样子看他。她简直不能相信,小屁孩一个,开裆裤才脱了几天呢,就跟她说这些个!

她的反应起先是吃惊,后来就忍不住想笑;她又羞又恼,又不好意思笑,所以就抿着嘴唇,用那样一种怪诞的、饶有趣味的目光看他。男孩哪儿禁得起这样看,胡乱搭讪两句,或是"嗨"一声,跺一下脚,就掉头跑了。

姐姐看着男孩的背影,很多年后她一定会记得这背影,记得他跟她说话时的腔调,稚嫩、鲜亮,还没变声呢,他怎么就晓得这些呢?岂不知他竟是晓得的;他虽然懵懂,却有一种本能:世上但凡姐姐都需要保护。因为再隔一些年头,他也是要长成男人的,所以对男人的那点小心思,他竟能略早体察,这皆是为姐姐故。

这层意思,姐姐是懂得的;可是这番好意,姐姐却不能接受。没法子啊,姐姐已经十七岁了,她的身体已经蓬勃,心思像野草一样疯长,她即便管得住自己的心,也管不住自己的手脚。她是有事没事必得往街上跑的。

你看到没有,她朝我们走来了,她穿着夏日的裙衫,趿着拖鞋。或许是午睡刚醒,她有些蓬头垢面的,她站在家门口,打了个哈欠,又伸了个长长的懒腰,实在想不起自己该干些什么,就决定去巷口的小卖店买几颗水果糖含含。她一边走,一边东张西望的,把脚踩着石板路叮咚作响,老实说,是没半点斯文相的。

她之所以东张西望的,乃是对这世上的一切,都有着新鲜和好奇。她抬头看一眼绿树,觉得是好的;低头踢一下石子,也觉得欢喜;她的天性实在是很开朗的,有时走着走着,她差不多就要微笑了,至于为什么笑,她却是不知道的,似乎她整个身心,都沉浸在一种不可知的甜蜜里,可能她都没意识到自己在笑。

若是看到熟人,她总不免要打声招呼;若是看到狗,她也是一样的。那狗躺在门洞里,她就凑上前去,弯腰摸摸它的头,或是一边走,一边回头招手,嘴里"咄咄"引逗。

她慢慢地蹲下来,在一团树影底下。这时你必猜着了,她是在捡蝉蛹,或是一片树叶。她仔细地端详着树叶,清晰的纹路,叶汁饱满。夏日的阳光突然盛开,在刹那间,简直使她受了一点小惊吓。多年以后,那个做弟弟的一定会记得他十七岁的姐姐,她茫然抬起头的那一瞬间,光阴整个把她照亮;她手搭凉棚,细细眯起了眼睛,原来是微风渐起,吹开了树影,使得阳光更加明亮了。

那天晌午，弟弟也在巷口，跟几个小孩在玩"官兵捉贼"的游戏，他浑身尘土，脸上汗渍淋漓的。在姐姐长大成人的那些日子里，他实在是很忙碌的。他一边要顾着自己玩耍，一边还要照看姐姐，他生怕她上了坏男人的当，被人调戏、诱奸，或是被拐子带走；人世的所有艰险，他都代姐姐想到了。他是有点无事忙的。

无事忙的特征就在于，在他还不明白什么叫调戏、诱奸；在他弄清楚拐子为什么要带走他姐姐之前，他已经替姐姐担心了。所以这担心是必然的，它自古以来就藏在每个男孩的心里，在他们出世以前，这担心就在了。大约在这时，他们心中有一个模糊的意识，这世界原是男女的，在他们认识旁的女人之前，他们已经认识了姐姐，或是他们的母亲、姑姑、堂姊、表妹……为了表达上的方便，权且都把她们称作姐姐吧。

他们和姐姐日常相处，从小就和她们耳鬓厮磨。从小，她就替他把屎把尿，背着他东家逛逛、西家瞧瞧。但凡有好吃的，她必是省下来给他的，谁叫她是姐姐呢。她教他认字唱儿歌，百般无奈之下也会给他讲故事，可是她的口才实在太差了，无外乎就是大灰狼小白兔，几个为什么问下来，她就磕绊了，笑了，或有翻个身就睡的。家有弟弟着实很辛苦，可她不觉得这是辛苦的，因为在她的身外，凡事都能引起她的兴趣：街上的人，店铺里的东西，田野里不知名的小花，山坡上正在吃草的牛……她被这些吸引，难免就忘了弟弟，直到弟弟的啼哭把她唤醒，她又忘了其他。她实在是顾此失彼的。

这世上凡是做弟弟的，都见证了姐姐的成长。那仿佛是一瞬间的事，就像头天晚上，她还是个吸溜鼻涕的邋遢女童，第二天醒来，她已蜕变成一个洁净少女。从此以后，就连弟弟这样的蒙昧孩童，都能看见他姐姐脸上的光泽，闻见她身上的芳香。那是一种说不出来的香气，口腔里有水果糖的香气，刚洗完的头发里有槐树花的芬芳……这各式香气混杂在一起，就成了姐姐香。

这世上只有弟弟才能闻得见这香气，青颜色的，像雨后的森林，风吹来植物的气息；像夏日的傍晚，他刚洗完澡手脚的清净温凉；像一生的午睡醒来，无缘故地突然闻见童年时的松子香，遥远的，刺鼻的……害得他"啊啊"直想打喷嚏，假若他不能控制自己的泪下腺，不由自主地，他也会涕泪交流。

他涕泪交流，不为别的，只因他老了，老到老眼昏花，这时他就与童年走得近了。

这时候，他就常常看见姐姐，在十七岁的季候里，她俏丽地走着路。她的身后是曲折的巷道，一些人家。参差的屋顶上几只烟囱，一只狸花猫围着烟囱转来转去的……姐姐先是身处这些静物当中，然后慢慢地，她就从静物里凸现了。

姐姐既是前景，她的面庞也就越发清晰了：紧俏的眉眼，神情严肃；喜欢皱着眉头，偶尔也会咯咯傻笑；喜欢啃手指头，眼睛瞄儿瞄的，似乎在想什么事儿，其实心思全无；她体态也好，好就好在自然，全无心肝；走路摇摇晃晃的，东张张，西瞧瞧——这是在没有男人的情况下。

假若巷子里突然晃出个适龄男子,她就是另一副样子了——至少在弟弟看来——她走起路来便花摇柳颤的;弟弟见了,难免要为她害臊,她弄出这个样子干什么呢!他是既有点纳闷,又隐隐生气的。他忙里偷闲从地上爬起来,决定要过问一下此事;便拿起一根树枝,朝姐姐咿咿呀呀地冲过来,"叭"的一声打在她脚前,说:"呔——呔——哪里去?"学戏文里的念白。

姐姐跳了一下,顺势把手塞进他的脖子里,说:"买糖吃不吃?"

弟弟一听说有糖吃,重新冲回小朋友群中,等着姐姐给他送糖吃;他一边玩,一边侧头看姐姐,毕竟"官兵"也是人,此时已丧失了对贼的兴致,突然变得很想吃糖果。不远处的杂货店门口,姐姐倚着树干,正和一个陌生男子说着什么。她的情绪有些起伏不定,时而静静的,时而笑得前仰后合的,时而低下头,眼角儿那么一瞟,脸上便有些连嗔带笑的……弟弟便又重新捡起树枝,再次冲过去。

他把树枝当马骑,卷起一路风尘,不由分说就跑到姐姐跟前。

姐姐皱眉看了看他,那样子是很嫌弃的,说:"干吗呀,脏死了!"

男孩也生气了,伸出手来要糖吃。

姐姐不理他,继续和男子说话;男孩一边打量着男子,一边拿屁股撞姐姐。

男子朝杂货店走去,弟弟把树枝倏地挡到他面前,瞪目说道:"不要你买!"

那个做姐姐的便有些下不来台,朝男子笑道:"你不跟他计较。"

男孩转头向姐姐,厉声道:"不要跟他说话!"

姐姐再也忍不住了,拎起男孩的耳朵,亦不跟男子告别,径自往家里走去。很多年后,男孩还记得他怎样在姐姐的手心底下,像小鹿一跳一跳的。他哭了。

姐姐也哭了,到了家里,把他朝大人面前一掼,说:"你们问他去!叫他说!"

男孩说不出个所以然来,却哭得越发理直气壮了;因为他没有吃到糖;没有人晓得他的良苦用心——没有人晓得的:家有姐姐实在是件麻烦事。他哭得很伤心,把个身子团着,像小虫子蜷缩在墙角,委屈得不时要噎气;不免觉得,姐姐的心不在他身上了,姐姐大了,心就野了;哭了一会儿,他就忘了,又跑出去玩了。

大约就是从这时起,男孩心有所动,不再玩"官兵捉贼",而是玩"捉姐姐";实在是,后者比前者有趣多了,因为官兵和贼是虚设的,而姐姐和男人的苟且总是真的。

男孩的建议既出,得到了更多男孩的响应,因为大凡男孩都有姐姐,没有姐姐的也会制造姐姐;他们互相帮衬,滴血为盟,排兵布阵开始跟踪姐姐的行踪,操心姐姐的安全,而这一切中最叫他们激动的,无疑是为姐姐冲锋陷阵、打架斗殴。

这是世上最懵懂、最痴情的一个群体——他们对姐姐的情谊是他们自己都不知晓的，无从分析，愈理愈乱，这是人世的隐秘。他们没有志向，在那短暂的两三年里，姐姐成了他们唯一的理想。她近在眼前，有时却远得如同梦想；男孩们隐隐有一种预感，姐姐将逐渐消失，不消几年，她将离他而去，成为别的什么人；到那时，她仍是姐姐；可是到那时，她首先是那些八竿子打不着的什么人的妻子、母亲、祖母……她也许长命百岁，可是单纯作为一个姐姐，她早已消亡。

原来这世上，凡是姐姐都不久长。

这是一段混乱的日子，街上到处都是男孩的身影，因为姐姐总是外出招摇，自顾自走着，就像路边的一棵小白杨，一俟有男人的目光落在她们身上，她们便会摇一摇！做弟弟的只能长叹一口气，这姑娘既没脑子，又少情义，她现在一颗心全转到外人身上，他们既奈何不得，少不得还要替她们负责。

他们常常跟随自己的姐姐，生怕她受欺上当；一旦看到路边有小混混向姐姐吹口哨，他们便恨得牙痒痒，以为这样就亵渎了她！也有一些男人，单是把目光落在姐姐身上，一脸暧昧的笑容，男孩见了，简直心如刀绞，姐姐怎么能被人这样看呢？她是世上最圣洁的存在，可是你看那些男人的笑容，异样的，不洁的，男孩觉得如鲠在喉。

有一天，男孩看见姐姐在哭，她一个人躲在暗处，显见不愿意让别人瞧见。男孩走上前去，只问了一句："说吧，谁又欺负你了？"

姐姐吓了一跳，回身一看却是弟弟，也没当回事儿，只嘱咐了一句："不要告诉大人！"又继续哭自己的。

男孩再说："谁欺负你了？"

这下姐姐噤声了，转过身来打量着弟弟，泪眼蒙眬中只看见一个小不点，虎头虎脑地站在她脚前，他一脸严肃，神情凝重，俨然一个小大人。姐姐突然一阵孩子气发作，扭了个蹶子，说："不要你管！"扑到床头号啕大哭。

男孩掉头就走，走到门口却又停下了，抬头看着空气说："那些不三不四的人，以后少来往，现在合家老小为你操碎了心，你好歹也得替我们想想。"

姐姐"嘿"了一声，不由得又惊又气，他什么意思？也敢跟她说些！这完全不是一个小孩子的话，想必是他从大人那儿照葫芦画瓢搬来的，天哪，一家人把她当什么了？背着她不知怎样瞎嚼蛆！她也没脸活了！她跳下床来，想捉住弟弟扁一顿，弟弟撒腿就跑，这一跑，又把他跑回了一个小孩子。

弟弟虽然怨姐姐，一边仍要为她出头出气，他不知道是谁惹恼了姐姐，看样子，家族以外的所有男子都有嫌疑，弟弟对这些人早就有着隐隐的恨意，大约也知道，在不久的将来，他们中总有一人会把姐姐带走，使她成为别家的人。

天底下竟有这样不讲理的事，好不容易养大一个姑娘，竟是为别人家养的！弟弟有些气不过。大人便跟弟弟说："那你将来娶一个回来就是啰！"

弟弟说："我不要。"

大人便问为什么。

弟弟说:"没多大意思。"

一家人忍不住要笑,弟弟觉得很懊恼。他没法使大人明白他的感情,他爱他们每一个人,再也分不出多余的给外姓人。照他看来,这个家已经很完整了,老人小孩,说说笑笑,实在是,多一人硌得慌,少一人则叫人惆怅。弟弟希望时间永停留,姐姐定格在她的十七岁,最好嫁不掉。弟弟不喜欢分离。

然而时间只管走它自己的,这一晃两年过去了,姐姐整天闲逛,确实没把自己嫁出去,可是大人们却犯愁了。这两年发生了多少事啊,先是哥哥成亲了,新嫂子能言善道,像喜鹊一样聒噪,弟弟起先是认生,末了倒是听不见她的笑声便有些不安生似的。再后来,小侄儿出生了,一家人的话题从此就围绕这小孩子了。

有一天,家里发生了一件猝不及防的事,太爷爷死了。太爷爷活了九十二岁,他是晒着太阳死的。那天中午,他正在跟弟弟说话,后来渐渐没了声气,弟弟推他一下,他整个人就倒下了。这以后的很多天,弟弟都如同梦游,也常常一个人晒太阳,特意找来太爷爷坐过的板凳,他拿手抚着板凳,脑子里痴痴傻傻的全是阳光。

那天晌午,弟弟一个人坐了很久很久,他抬头看着院子,知道这儿是他的家,不断地有新人进来,旧人离去,地老天荒,一代一代流传。弟弟想,姐姐的嫁人也该提上日程了。

确实是，这两年姐姐越发让人头疼了。她似乎总在冒傻气，虽然长着一副机灵相，实则心里全没算计。说她没算计吧，她整天把眼睛眨巴眨巴的，小心思又多得很，而且全不掩饰，哭哭笑笑那是常有的事，委实有点神经不正常。

身边倒是有一些适龄男子，也常来家里走走，借故跟弟弟搭讪几句。弟弟对他们没多大兴致，走进屋里跟姐姐说："有人来找你了。"

要搁以前，弟弟必是寸步不离他们左右，防着他们犯错误，可是现在，弟弟说完这一句，就走开了。

弟弟现在有点害羞。大人们奇怪地发现，这小孩似乎安静了些，不再像从前那样闹哄哄的，而且这一阵，门庭也清静了，因为上门告状的少了，大人们都有点不太适应了。姐姐也直纳闷，跟大人说："咦，警察好像退休了。"

从前，弟弟被称作是家里的警察，他是什么事都得管，尤其负责男女关系，大概在他小男孩的心里，"姐姐"是这世上的弱势群体。有一阵子，姐姐实在是烦他烦得要死，他随处可见，总是出现在合适的时间和地点，就连站在路边跟男的说句话，他也能领着一群小孩围着他们横冲竖撞，假装捉迷藏。

他的糗事实在太多了，朝人吐唾沫，骂人小妇养的，打弹弓，砸玻璃窗，拨气门芯……一切皆由姐姐引起。他小小的身量，又机灵，抱着一个宗旨：打得过就打，打不过就逃。打得过的居多，被打的人总想，到底是小孩儿，拳头砸在身上又不疼又不痒,而且也没法跟他计较,没准是未来的小舅子,只觉得好笑。

姐姐很是气恼,骂他两句吧,他便眼泪汪汪的,而且有话等着你。你猜他怎么说:"你满脑子糨糊,又不识人的。活该你受罪。"

很多年后,姐姐犹记得这句话,把它放在脑子里过一过,那样一个童稚的声音,回想起来真是吓人的:它预言了她整个的一生。很多年后,当姐姐经历了一番沧桑,年轻时代的良辰美景都不算了,不算了,那些曾被她视为一生一世的东西,如今回头看,只落了个"白茫茫大地一片真干净"!

倒是她原初的那个家:庭院,闺房,父母,兄弟。炊烟袅袅。老人们在讲古,在一个夏天的午后,地下树影幢幢……在那个午后,在那个午后,日光昏沉,日光昏沉,姐姐突然看见了自己:青涩,鲜亮,红颜,皓齿。就是这个形象,穿过漫长、暗寂的一生,像彗星一闪,倏地把她的风烛残年照亮;就是这个形象,身后站着一家子人,老的,小的,骨血相连,这样一个少女的形象,袅袅婷婷,苍白含糊,她来自远古,流转于每一代姐姐身上,才十七岁,在被爱情找着之前,正和亲人一起,体验着较之爱情更为久远深长的、堪称海枯石烂的感情,所有的姐姐都将感泣于它,只是要待韶华已逝时。

关于这一点,弟弟后来不认账了,每当大人讲起他小时候如何为着姐姐淘气、闯祸,弟弟真是难为情:我的天,有这回事?真是万恶得很!什么乱七八糟的!因之,他一边听大人讲,一边也觉得新鲜,脸上现出痛苦的表情,一边又笑:"不

亲　　人

可能！尽瞎说！"

此时弟弟正在变声，粗嘎嘎、毛茸茸的男声，自己听着都怪异，像喉咙里含着一口痰，弟弟不停地要咳嗽。这大概是弟弟一生中最别扭的时期，清晰，好静，善感，多思，一样样都不是他的本性。他成熟得不像他的年龄。

而此时，姐姐则成了全家的中心，她正处在好时节，却成了大人们的一块心病，私下里说起她，谁都要叹气：这事得抓紧了，搁家里总归是麻烦。

弟弟表达了两点意见：第一，得找个好人家的子弟，要真心对她好的；第二，这事是得抓紧，但急不得，对方的人品、性格需多方打听打听，要暗地里使劲儿，不能让她知道，否则又得跟家里闹。

说这话时，弟弟不自觉地，是把自己当成姐姐的家长了。他那从容、笃定的态度，仿佛伸手一指，说一声"你去吧"，这就安置了这姑娘。

随着弟弟的长大成人，姐姐身上的光环逐渐消失了，仅成了一个现实的存在。没错，她是处在好年华，可是弟弟已经看不见了，整一个夏天，他躲在屋子里，一坐就是大半天，脑子里空荡荡的，什么也没有，那感觉就像老僧入定。弟弟自己也不放心，拿手碰碰胳膊，汗津津的，也有温度。他困惑得要命。

大人们都笑，问弟弟：可是在思考人生问题？

若是得不到回答，就有人代他说话了：才不，弟弟喜欢孤独。

弟弟笑笑，懒得理会，他知道人家是在开涮他，可是此时的他,仿佛是经过一整夜深熟的睡眠,于大清早突然睁开眼睛,那一瞬间,看得见曙光,知道新的一天就要开始,可是并不知道自己在哪里,只觉得天地混沌,又疑心自己是在梦里。

姐姐终于订婚了,未来的姐夫瘦瘦小小,头发梳得油光光的,见人三分笑,最是个小甜嘴。弟弟不明白,姐姐怎么会看上这么一人,从前错过多少好的,哭过,闹过,分分合合,那叫一个折腾!

也许是,姐姐嫁给谁并不重要,重要的是她出嫁了,他替她惋惜,不出嫁,他又着急!他对于姐姐的恋爱也是这样,不知为何,总有点不好意思,姐姐又丝毫不避讳的,当着全家人的面,和男朋友吵吵闹闹,撒娇,耍小性,声音嗲得不像话。弟弟撇了撇了嘴,心里想,谈恋爱能把人谈成这样,岂不是咄咄怪事!

总之,姐姐整个的就使人难堪,可是她也有爽心悦目时,夏天的傍晚,一个人骑着自行车穿街走巷,把铃铛摇得叮当响,麻花辫粗又长,随意一挽扣在头上,穿一件白衬衫,颈项长长的。骑到一个水果摊前,把脚那么一支,这就停了下来,一只手扶着车把,一只手够到水果里摸摸拣拣,那样子是很潇洒的。

或者,她把车停在巷口,整个人就坐在车座上,很惬意的,她在等一个人,不时要回头看看,趁这间歇,伸伸胳膊伸伸腿,做几个体操动作,腰杆挺得笔直。

另有一种时候,她和男朋友漫步街头,她这个人整个就不贤淑,走着走着,把膝盖一屈,朝男朋友的腿弯处抵去,那男的紧跑两步,姐姐落了个空,两人笑作一团,难免一番撕扯。这时弟弟恰好从他们身边经过,很愉快地做了个鬼脸,骂一声:我的妈哎,两个神经病!

这才是他的姐姐,纯洁,美好,坦荡,一个娇憨的姑娘,而且常常忘了自己是姑娘;她的恋爱也就止于和男朋友打打闹闹,你踹我一脚,我踢你一下;他们最应该走在春天的季候里,满腔满腹都是栀子花的气味,抬眼看着前方,并不怎么交流,可是眼睛弯弯的,笑吟吟的脸上全写着内容。

当然了,姐姐必做不到如此斯文,冷不防她就会咯咯笑出声来,问她为什么笑,她也不知道。实在忍不住了,她就会跑向墙角,假装是去闻花香,实则是笑得身子直发抖,再问她为什么笑,她会说,我喜欢。

弟弟对姐姐的记忆就停在这里,停在她的未嫁时:春天,恋爱,少女。这记忆里若是顺带一两个男子,这里头一定不会有姐夫!

弟弟有心找姐姐聊聊,姐夫是个怎样的人?拿得准吗?想来想去都难开口,毕竟,都不是小孩子了,而且时间也不凑手。

这一阵子,弟弟又忙碌开了,在经过短暂的蛰伏之后,他到底坐不住了,决定上街看看去,这一看不得了,把他吓了一跳,怎么满大街全是姑娘!弟弟搞不懂这是怎么回事儿,从前,他的眼睛能看见一切:好吃的,好玩的,刀枪棍棒,打打杀杀,他也能看见姐姐,主要是盯着姐姐的那些坏小子,他就是看不见姑娘。

是了,弟弟从前也能看见姑娘,但是他从来没把她们当作姑娘,她们都是姐姐,姐姐自然也是姑娘,可是此姑娘不是彼姑娘。

弟弟昏头昏脑地回家了,他觉得烦恼,心里痒痒的像是爬满无数的小虫子,又无从挠,只好怪叫一声,纵身一跃,向空中翻了个跟斗。这是一种很奇妙的感觉,新鲜,慌乱,害怕,弟弟不知道怎么办才好。

第二天,弟弟战战兢兢地又来到大街上,满大街的姑娘啊,个个都很生俏,走起路来摇曳生姿,脸上泛出动人的光。弟弟先是探头探脑,后来索性倚在一棵老树旁,抱胸,别腿,装作一副很偶傥的模样,因为他发现,这些姑娘需要他的目光,偶尔也会回头朝他笑笑,跟他一样害羞、胆怯。弟弟这才放下心来,快活地尖起嘴唇,对着她们吹了一声长长的呼哨,同时也知道,这一声呼哨显得那样不端庄,他既羞愧又欢喜!

从此以后,弟弟一发不可收拾,一个猛子就扎进这个群体里,开始了他的荒唐岁月,或使人哭,或使人笑,他自己也会哭哭笑笑。在以后漫长的时间里,弟弟的苦恼之一,就是新一代姐姐身后,总是跟着一群小尾巴,他们碍手碍脚的,从孩提时代起,便自动、深情地担负起护卫姐姐的责任,并把这种责任维系了一生。

而弟弟自己,每当姐姐回家省亲,他总会不放心地问一声:怎么样,他对你还好吗?他要使姐姐明白,他是站在她的身后,他对她意义非常,在此时此地,他是她的出生地、她的少女时光,再不济也是她最后的庇护所,他是她最初、也是最后的家啊,这世上一切都会枯朽,唯有她还是从前的那个少女。

魏微,女,生于1970年。1994年开始写作,迄今已发表小说、随笔一百余万字。作品曾登1998、2001、2003、2004、2006、2010、2012年中国小说排行榜。曾获第三届鲁迅文学奖、第二届中国小说学会奖、第十届庄重文文学奖、第九届华语文学传媒大奖·年度小说家奖、第四届冯牧文学奖及各类文学刊物奖。部分作品被译成英、法、日、韩、意、俄、波兰、希腊、西班牙、塞尔维亚等多国文字。现供职于广东省作家协会。

禁　指

斯继东

羽

隔着积雪的道地望进去,堂前有些晦暗。近檐处,亮晶晶的冰凌底下,一个瘦顾的老头正身伏在几上。远远地能看见他的手指上下移动着,好像在净心一顾地拨着算盘珠。

介绍人朝我做手势,俩人就噤声立在油冻的石门槛外。

搁在几上的是一块长条的板,乌漆墨黑,又肉沉沉泛着光亮。声音就是从板上发出来的,叮一声咚一声,无心搭脏,却每一记都不含糊。不能说不好听,却也说不上来是怎么个好听法。

那个人就是曾先生,那块板就是曾先生的琴——晦庵。

那年冬天,曾先生刚刚从上海越剧院退休回乡,因为需要有个人照顾起居,兜三转四的,就找到了我。在这之前,经人介绍,我曾去上海做过几年保姆,城里总归不习惯,就又跑回了乡下。

曾先生收声立起。介绍人上前招呼,又急出乎拉说了我的不少好话。曾先生问我怎么称呼。我说别人都喊我操嫂,曹操的操。曾先生用嘴呵呵手,连声说,这姓好这姓好。

这姓怎么就好了呢,奥滋答味的。可姓又由不得人挑,对吧?

总之,事情就这样三对六面定了。

第二日一早我便踏着小三轮去上班。我出门都踏小三轮,小三轮比脚踏车多个轮盘,骑着安心,还有个车斗,轻便些上街买点小菜,负重时下田畈搁几袋化肥,不大不小,都服帖。从桃源村到曾先生住的廿八都,大约有七八里路,一大半是机耕路,一小半是水泥马路,雪野煞静,连只麻雀也没有,小三轮吃着雪吱吱嘎嘎就半来个钟头。曾先生的住处也好找,后街中段拐进去,一条两边长满青苔的狭狭的弄堂,笔直踏到底就到了。曾先生祖上应该是大户人家,青石板砌的台门一门到顶,门楣上"竹苞松茂"四个砖雕大字有些年份了。给小三轮上链条锁时,我又听到了琴声。天寒地冻的,曾先生这么早就起来了?果然,曾先生又在老地方拨他的算盘珠了。走到门槛脚跟时,我有点犯难,好比戏文里林妹妹初进大观园,不知这一步该跨不该跨。曾先生在里面喊了,进来吧操嫂。我轻手轻脚走过,他又续了一句,你忙你的,不用做忌我。说这话时,他的头还是没有抬起来,一双细细长长的手顾自拨弄着丝弦。

我给曾先生沏了一杯茶。递过去时发现案几太小,我就搬了条骨排凳到横头。搁下茶后,我就顾自忙了。

那天的日头很好,确实是扫扫涮涮洗洗晒晒的好时节。

我里里外外忙碌时,曾先生坐在道地里晒日头孵看书。

日头挪一挪,藤椅就跟着挪一挪。

等壁壁角角都清理干净,已到晏饭脚跟。我就问曾先生晏饭想吃什么,曾先生说随便。我又问那夜饭呢,曾先生又回对了句随便。没办法我只好问他早餐。这句曾先生回答得倒是细,说是六点光景去大街上吃的,一张大饼两根油条,加一碗咸豆浆。我再问:那么曾先生,晏饭简单些,放碗麦面,夜里烧饭,一荤两素,侬看好不好?曾先生说嗯。

打扫灶间时,我细细察看过,煤气灶高压锅电饭煲等等大件都是预备的,但锅碗瓢盆却不齐整。十个人是吃,一个人也是吃,少了哪件灶间都不是灶间。我就扳着指头一件件跟曾先生讲。才扳到第二个指头,曾先生把我打断了:你看着买吧。

曾先生放下书本站起来,口气更和缓一些:操嫂,以后屋里缺什么,该需该用,你都直接添置吧,不用跟我商量。

等我踩着雪七袋八袋从市场返归来,就看见曾先生在屋子里来来回回地踱方步。像个小孩一样,曾先生显得有些兴奋。

清爽,清爽,煞煞清爽梅兰芳。曾先生说。

这不是大圣遗音过了管平湖先生的手吗?曾先生又讲。

梅兰芳我知道,曾先生这是在夸赞我,但后面那句我就听不懂了。大圣遗音是啥,管平湖先生又是哪个啊?

曾先生耐耐心心地告诉我说，大圣遗音是一床唐琴，国家一级文物，但之前因皮相破败不堪，一直被弃置在故宫的库房里，无人理睬。后来真身得以重现，靠的是王世襄的慧眼和管平湖的妙手。据说管平湖用了数十天的时间擦拭磨褪，一千多年过去，金徽与面漆居然都完好无损。看似灰白无光、漆皮尽脱的琴面，其实只是因长期水沤而凝了一层泥浆水锈。

呵呵，原来曾先生是调笑我把他家的陈年夹垢都洗掉了。

临近月尾，曾先生就会把工钿放到堂前的八仙桌上。

钞票是装在信壳里的。一个右下角印着"上海越剧院"的黄色信壳。每次都介。曾先生真是不怕麻烦。曾先生确实不怕麻烦。每次弹完琴，他都会把琴装入那只茄皮色的锦囊，小心翼翼放到搁皮上，然后再在下一遍弹的时候取出来。有一次，曾先生笑眯眯地指着锦囊问我，你知道这个叫什么吗？我当然不晓得。曾先生又笑眯眯地跟我说，人都得穿衣服是不是？琴也一样。所以这个就叫琴衣。这名称取得确实稀刁，我就顺嘴回对了一句，既然是衣裳，那曾先生为什么冬冷夏热的都给它穿同一件啊？曾先生呆了呆，然后哈哈大笑，连连夸我驳得好。接着正色讲道，礼只是一种仪式，心里有、意思到便好。比如节头年尾我们拜天地祭祖宗，也只是一份心意，还能当真计较下饭够不够丰盛，祖宗大人老酒有没有管饱？

曾先生每月发我工资，我每天做三件事。烧饭，洗衣裳，打扫卫生。

说打扫卫生，其实并没有多少卫生可让我打扫。曾先生每天一杯茶一本书一张琴，他不抽烟不吃零嘴水果也很少碰。灶间没事是从来不进的，卫生间用过后总是归置得齐齐整整，连牙杯里牙刷牙膏的朝向也是定煞数的。寝室兼书房的书桌，堂前的桌几和琴案，我每天用热毛巾过一遍，面盆里汰出来的水总是清水一样。

衣裳倒是日日要洗。曾先生不管冬夏每日早起都冲澡，替里布衫隔手便换。热天是一条内裤一双袜，冷天再加一套棉毛衫。对了，曾先生穿白袜，一目光的白色棉质运动袜。运动鞋白袜，皮鞋白袜，落雪天公穿暖鞋，还是白袜。我一直想问问曾先生，总归问勿出口。现在做人爽快，洗衣裳有洗衣机，放放进去，再拿拿出来。不光衣裳服脚，床单被套一塌括子都是洗衣机。也有洗衣机勿会洗的，像换季时脱下的厚衣裳，我都拿去干洗店。

要花点心思的是一日三餐。早餐我都是大街上去买归来。曾先生点什么我就买什么。大街上哪样没有啊，只要你想得出来。冰清水冷的店我不去，我是宁可排队，买归来的早点曾先生总说落胃。中午为得省点时间我不烧米饭。我是榨面年糕麦面日日换，今日放明朝炒后日拌，番茄红番茄团笋嫩团笋草籽出市草籽丝瓜上架丝瓜。偷懒也要会偷，就像曾先生说的，哪怕一碗汤面，心意总归要到。夜饭是正餐，一荤两素，色香味，偷不得懒。曾先生吃硬饭，饭前照例要呷大半汤碗黄酒。曾先生总是夸我手艺好。油盐酱醋的事其实也没那么难，眼睛生了好看，嘴巴生了好问，说到底也还是看你用不用心。

起首的那段日子，我一直是这样踩着小三轮来来回回地跑。早上去一趟，顺道带上早点，然后买菜洗衣裳打扫卫生，晏快去一趟，吃完晏饭匆匆回家，夜饭脚跟再去一趟，安顿好曾先生的夜饭，再回家。我觉得这样挺好的，曾先生这头顾到，家里的生活又不塌落。小三轮在我脚底越踩越轻。冬天日脚短，晚上回家天已经墨黑，好在路熟，闭着眼睛也踩不到溪坑里。

徵

曾先生没事也会跟我闲聊两句。

我在天井里剥蚕豆，曾先生端着茶杯摇着棕叶扇走过来。

曾先生说，我们喊蚕豆，北方人偏生称碗豆。我说，他们就没蚕豆？曾先生说，他们也有蚕豆，就是我们讲的罗汉豆。我说，意会意会，还是我们的喊法得当。曾先生说，怎么讲？我随手剥开一节蚕豆示他：排排齐卧在壳里，像不像一条蚕？曾先生点点头，倒是像。

我又说，再看罗汉豆，嫩的出了荚，像不像青皮小和尚？长熟的，油锅沸一沸捞出来，像不像半披了袈裟的老罗汉？曾先生听了哈哈大笑，经你这一说，还真是形象。

曾先生顺嘴问起我屋里老小。我就据实告诉他，男人早没了，有个儿子，成家了，但没在身边。我儿子做小笼包生意，蜒蚰螺一样浪过很多地方，后来在云南昆明落了脚，隔两年老婆孩子都带过去了。生意很忙，过年也很少回家，平时每两月打归来一只电话。曾先生知道小笼包。说是在上海的时候亦去光顾，都是夫妻店，打着"杭州小笼"的招牌，进去听听口音熟，问哪里人，说是会稽，问会稽哪里，说是瞻县，问瞻县哪里，剡源长桥堰底马仁八郑棠头溪廿八都什么地方都有。

原来你也是独个人啊，曾先生颇有点意外，看你每天急出乎拉地往回赶，我还以为——

田稻是老早判给邻舍隔壁了，还留有一块地，种点瓜果蔬菜，地里也不是日日有生活做，倒是屋里的鸡啊鸭啊，早晚都要有人饲。

一年到头，有多少收入啊？曾先生问。

算钞票的话，倒也没多少。我说，可人活着，总得弄点事情忙忙，是不是？

操嫂啊，要我看，你就安安心心一门心思在我这里做吧——曾先生说。

房间现成有，吃饭添条筷，你呢省得起早落夜来来回回跑，我呢也多个闲讲闲话的人。曾先生讲。

看我不响，曾先生又说：地里的收成我每月贴给你，好不好？讲句实话，我的退休工资多落来，也带不到棺材里去。

我说：让我想想吧。

嗯，跟儿子商量商量看。曾先生说。

这倒勿用。我说。

我自己的事从来都是自拊主意。那年去上海做保姆,事先我也没跟儿子商量。

曾先生里间,我外间。这样夜里有事,随时喊得应。
不过曾先生倒是从来无事。
晚上困觉前,我照例要看两集连续剧。搬被铺的时候,我把家里的电视机也搬来了。机子搬来,却没地方搁。曾先生家没电视,自然也没电视机柜。曾先生搔搔头从里间移出来一只矮柜,电视机搁上去倒也落位。在自家屋里,我没事也会把电视机开着,有戏文咸咸淡淡听两句戏文,没戏文声音响着也闹热。曾先生喜欢安静,所以我平时不开电视,夜饭吃过后看连续集也会把声音拧得很小。曾先生在里间看书,我在外间看电视。驱蚊的艾把燃着,淡淡介的烟,淡淡介的香。曾先生三勿知头喊一句:操嫂,你把电视开响些,勿可做忌!我连说好的好的,当然音量并没有拧大。曾先生这是客气,我不能当福气。

曾先生每日弹琴,但也有定规。一般都是早饭前弹一阵,夜饭后弹一阵。听得多,我也能辨出来了。今日空腹弹的是《平沙落雁》《渔樵问答》和《阳关三叠》,昨日夜里奏的是《渔歌》《忆故人》,还有《普庵咒》。曾先生心耐,我问一句,他会答我五句十句。《平沙落雁》是他跟张先生学的第一只曲,《渔樵问答》是吴先生教的,《阳关三叠》《普庵咒》是卫先生教的,《渔歌》是跟刘先生学的。我说《普庵咒》好听,曾先生说,那我再弹给你听。他就调调息又从头开始弹了。曾先生有心,我这样讲过后,每日夜头就都能听到《普庵咒》了。听曾先生讲解,《普庵咒》是一首佛教题材的琴曲,《神奇秘谱》上有记载,在佛教里"普庵咒"是禅门日诵的科目,相传为南宋临济宗普庵大师所创,念此咒可消灾解厄,令蛇虫百脚远离,凶神恶煞走避。曾先生每夜弹《普庵咒》,屋里的蚊虫果然就少了不少。

有时候曾先生白天也抚琴,只是声音时有反复,疙里疙瘩不成调。那是曾先生在打谱。什么叫打谱?曾先生顺手拿几上的一本古书给我看,上面印的字稀奇八古,像是字又不是字,反正我一个也看勿懂。曾先生讲,以前没有简谱五线谱,老祖宗聪明,所以发明了这种以字记谱的方法,叫减字谱。喏,这就是减字谱的曲谱。曾先生随意挑了一句,用指头一个字一个字掐到弦上。这谱不是直接能弹吗,为啥还要"打"呢?曾先生又耐耐心心讲给我听,所谓打谱,就是按照琴谱还原出琴曲的过程。琴人需要反复弹奏,揣摩曲情,直至句读清晰,音乐流畅,结构完整,力求再现原曲的本来面貌。"大曲三年,小曲三月。"打谱时最需琢磨和费时费力的是琴曲的节奏安排。因为减字谱记录的弦位和指法一清二楚,但节奏却是粗疏的,大模光景的,有很大的伸缩空间。那么标准的节奏又是怎么样的呢?这个没人知道,各人可以有各人的理解。这是减字谱的缺陷,也是它最有意思的地方。嗯,确实,我一个外行人听听也蛮有趣的。

除了弹琴和看书,曾先生还写字。用毛边纸对着一本法帖一笔一画地写。第一遍写小字,第二遍再在小字上写大字。曾先生写字不用墨汁,都是现磨。先在砚盘里注些清水,再用墨锭一圈一圈地磨。曾先生讲,墨水新鲜,写出来的字才鲜洁。每次砚盘里的墨写完,曾先生就收手。毛边纸不还空着大半张吗?急什么,还有第二日啊,墨会干掉,纸又跑不掉!毛边纸写过曾先生会把它收起来,四角齐齐整整地摞在桌脚边。

夏日悠悠长长,桌脚边的墨纸越摞越高。

商

早上去菜市场前,我都会讲一声,曾先生我买菜去了,曾先生会答一声好。那天曾先生答完好后,我多加了一句,你去不去啊?曾先生呆了呆,说,你等歇。曾先生早琴弹过后刚吃完早饭。

曾先生问天热不热,我说勿热。

我把小三轮拉出来,让曾先生坐车斗。曾先生坐上去又下来了。怎么了?有点滑稽,曾先生说。我忍不住笑了。倒也是,小三轮太小,曾先生生得长大,苍蝇套豆壳——不相称。那要不走着去?嗯,大不了归来坐黄包车。

曾先生走路泰悠悠,我得步子放些慢他才跟得上。入了秋,天确是凉爽了不少。两个人并排走着,出弄堂过后街再走大街,菜市场买了菜,再原路返回来。这一路上得讲好多话。

曾先生在上海呆了四十年,从来没上街买过菜。问他吃什么,他说食堂。一直吃食堂?一直吃食堂。休息日起得晚,会上街吃个早点,偶尔也会跟同事下次馆子,但这样的事一年到头也没几回。我上海做保姆那几年,曾先生也还在上海。曾先生笑说,不定在大街上碰见过呢。额角头撞着也不认识啊!这倒也是。曾先生一直在越剧院做伴奏。越剧是从我们嵊县沿剡溪曹娥江唱到黄浦江去的,本地人从小看到老,曾先生说的伴奏,我们叫后场头。早些年的草台班子,前台后场并不隔开,那些伴奏的乐器大多也认识,锣啊鼓啊,笛啊箫啊,二胡啊琵琶啊梅花啊,但不记得有曾先生在抚的乌漆墨黑的古琴啊。曾先生跟我讲,他在团里奏的就是琵琶。曾先生讲,琴只是个人喜好,琵琶才是他的吃饭家生。怎么从没见你弹琵琶啊?我都退休了,还抱着那吃饭家生做啥?

曾先生说,改变他命运的就是一把琵琶。

曾先生的琵琶最早是跟父亲学的。曾家在当地也算大户,不忧衣食的父亲喜好丝乐,尤其是琵琶。耳濡目染,十几岁时曾先生已将琵琶弹得非常娴熟。忽一日,有人捎来口信,说是青溪的张先生想见见这位琵琶童子。张先生在当地是个大名鼎鼎的人物。三考出身,科举废除后就读上海震旦大学,肄业后曾在天津南开大学、北京高等师范任教,后来退休于商务印书馆,张先生擅弹琵琶和古琴,被马一浮认为是那个年代数一数二的"善工琴者"。本地玩丝竹的都知道,张先生家里藏有一把前明陈圆圆的琵琶。

当天晚上,张先生真的就登门了,灯烛之下,他让我弹,我就弹了一曲《春江花月夜》，讲实话，在他面前我不大放得开。听完后，张先生问我学过《十面埋伏》没，我就放胆又弹了一曲《十面埋伏》。两曲下来，张先生只说了句"不错不错"，略坐一坐就回去了。张先生非等闲之辈，眼法自然高，我也就死了心。谁知一周后，又来了个口信，这回是张先生主动问，愿不愿意跟他学琵琶。这还用问吗？自此，我就成了张先生的徒弟。那年我十四岁，张先生六十五岁。开始是每天都去，后来变成每周一次，再后来是一月一次。每次学完，张先生都会亲自把我送到村口。张先生有两个女儿，没有儿子。张先生曾经吐过口，想收我为义子。但我母亲板，勿肯答应，张先生只好罢了念头。

那后来曾先生怎么又去了上海呢？我听得性急，那已经是菜买归来的路上了。秋高气爽，大街上的杨枫树金灿灿的。我们没坐黄包车，挈了菜继续一路宽宽绰绰地走。

后来就是解放了，琵琶童子也成了琵琶后生。我二十一岁那年，张先生应马一浮先生之邀离开瞻县去了杭州文史馆。此前为谋生，我已做了几年小学教师。正当我苦闷之际，半空掉落来一只绣花鞋。由傅全香带队的华东戏曲研究院考察队忽然来了瞻县，当时是周总理提出越剧要"男女合演"，考察队就是专程到越剧故乡来招男演员的。其中金采凤带队的一支驻在廿八都。考察队原本没有演出计划，但老乡们的盛情拒绝不得。队里只来了一位鼓板师傅，于是我这个"琵琶童子"便被荐了去，给金采凤配《楼台会》。结果金采凤对我很满意，就又把我介绍给了傅全香。这真叫拔萝卜带出泥，就因为这一次非正式的演出，半年后我便来到上海，做起了剧团的琵琶伴奏。剧团先后来瞻县招过两批男演员，因为变声、合腔和观众口味等原因，几年后一个不剩全都改行转业，反倒我这个救急的被留了下来。

谁想得到呢，阴差阳错的，这一留便是四十年。曾先生叹了口气，把菜袋子从顺手换到了借手。

角

开春时，曾先生生了一场病。

一开始是感冒，我去药店给他配了些药。吃一段时间，喉咙不痛了，鼻头清水也没了，却干咳起来。到后来整半夜腾腾腾地咳。我起来摸伊额头，滚烫。

曾先生也顾不得体面，虾米一样坐我小三轮去了镇卫生院。片子出来，急性肺炎。

住院手续各种碎烦，柜窗里面的人都像吃了生米似的。没办法，只能热面孔贴冷屁股，"侬个同志侬个师傅"客客气气地问，然后一趟一趟跑脚头。照顾病人，在我是明分。看我上上落落跑，曾先生却过意不去了，一遍遍讲：亏得侬，亏得侬。

病房是三人间。病友都把我们错成了夫妻。护士进来查房不见人，也问我，你老头子呢？头一次忙乱中迟得一迟疑，之后就没有了辩解的机会。有家属揶揄曾先生老婆讨得嫩相,曾先生被弄成红脸关公。我坦坦荡荡替他回了句:是啊,他做人做得好,前世修来的。

每天下午打完吊滴,我都会陪曾先生在院内走两圈,再在花坛的紫藤架下坐一歇。

有一天曾先生问起了我的丈夫,问年纪轻轻得的什么病。

我男人的事,我从来不跟人讲,自己也尽量不去想。一提起来,我的胸口就会发堵,一口气悬着半天咽不下去。当着曾先生的面,我忽然就想讲了。

哪是什么病,我男人壮得像头牤牛,连个头痛发热都从来没有。他是被人活结结害死的。才开个头我的眼泪水就不争气地佘了出来。

你要不想讲,我们就不讲。曾先生有些着慌,他是只见过我开开心心的样子。

我说我想讲。

曾先生给我递餐巾纸,那你慢慢讲。

我就一五一十原原本本跟曾先生讲。

那天我男人半早上出门,等他吃晏饭等到晏过不现身,我便让儿子出门去寻。不多久,儿子妈啊妈啊声音异样地喊着跑回来。

一走出屋门,抬眼望见村口大晒场乌泱泱的人头,我的脚就先软了。

晒场数丈高的坎下是整畈整畈的香草地,我男人的尸首仰天躺着,像只翻背的乌龟。

晒场边有条毛狗路,我跌跌撞撞地跑下去。香草腥烈的气味野狗样扑过来,一浪头高过一浪头。就像梦魇似的,在我眼前,香草开始拔节生长,密密匝匝,无边无际。香草越长越高,男人的尸首被吞噬了。我厥倒在田坎边。

后来公安入村调查,我直指吕家。

吕姓在我们村是大姓,那吕家有五兄弟。老村长去世后,吕家老大做了村长,五兄弟在村里越发横强。我男人看不入眼,仗着从部队带归来的一身腱子肉,事事做出头椽子,于是自然而然就成了吕家的眼中钉。

公安的人说,想当然没用,要有证据。我说我有证据。我男人那天半早上出门,跟我提过一句,说是吕家老大找他谈事情。公安就找到了吕家。吕家老五站出来挡事。最后的调查结论是,我男人与吕老五因言谈不合起争执,不小心失足坠崖。卵话三千,我头皮割掉都不信。找我男人的明明是吕老大,谈事情也不会到大晒场去谈,个对个动手,掉崖的更不会是我男人。

结果呢?

结果是吕老五因过失杀人被判了十多年的刑。七八年后,长一身膘归来了。邻舍隔壁都说吕家县里有人。

你儿子就是因为这个才出外的吧?

嗯,村里的路狭,抬头不见低头见。

人在做,天在看。

嗯,后来吕老大因为贪污问题被村里人举报,头发花白也进了牢房。

放下吧,事情过去这么多年,饶得别人饶得自。

我也不是想翻案。人都死了,翻了案又怎样?我就是想知道我男人当年到底是怎么死的。对,人都要死,可死也不能死得不明不白啊。

这倒也是。

可真相只有吕家五兄弟晓得,如果他们烂在肚皮里,那就真当只有天晓得了。

曾先生不再言语。风吹过来,不时有紫藤花瓣掉落到脚跟。

宫

后来,上街买菜便成了俩人的事情。

菜市场里,摊贩们把菜蔬都码得崭齐,萝卜白,茄子紫,红的是番茄,黄的是菜心,茭白雪白葷嫩,芹菜梗青滴绿,水产区鱼活虾鲜,熟食摊鸡糟鸭酱。曾先生这个看看,那个问问,欢喜勿煞像个蒙童。

菜市场每日走,一日三餐一荤两素之外,岁时节令也跟着讲究起来。元宵节烧亮眼汤,清明节包青饺,立夏吃健脚笋,端午插菖艾吃五黄,重阳做重阳糕,腊八喝腊八粥,大年初一搓汤团。吃食归吃食,曾先生倒是照旧不祭祖不敬神。

曾先生日日陪我买菜，我也隔三差五陪他出门。去药店配药，去书店看书，去剃头店理发，去商场添置换季的衣裳服脚。

有时无事也出门看闹热。

正月灯，二月鹞，三月上坟船里看姣姣。

每日同进同出，一路有讲有话，曾先生的肤色越发红润起来。

曾先生不大提父母，倒是常常讲起张先生。

在张先生家，曾先生看到了神秘兮兮的前明陈圆圆的琵琶。琵琶还是琵琶，一式斯样，看不出有什么稀奇。让曾先生眼热的是另一样东西——琴。

张先生有两床琴，一床唤"晦庵"，另一床称"虎啸龙吟"，都是宋琴。

教徒弟弹琵琶间歇，张先生自己操琴。

曾先生头次听就着了迷。

琵琶的好只在皮肉间，琴的声音却入骨沁心。

曾先生提出要改学琴。张先生很生气，"学一样，像一样。我最讨厌的，就是朝三暮四之辈。"

张先生不肯教琴，曾先生只好继续学琵琶，却于张先生抚琴时，刻刻心记手摹。这样过了大半年。有一趟曾先生去得早，张先生出外未归。看见几上那床琴，曾先生手痒难忍，便私自除去琴衣拨弄起来。也不知过了多少光景，等曾先生惊觉，张先生早已立于身边。我以为铁定要吃先生的栗凿了，居然没有。有了第一次，我的胆子就大了。每次琵琶学完后，我就磨蹭着不走。张先生忙别的去了,我就坐下弹他的琴。张先生屋里坛场小,张先生"剁剁剁"在灶间切菜我能听到,我"叮咚叮咚"在堂前弹琴张先生也能听到。张先生到底听不下去了,攥着薄刀走出来,跟我说,这里这里指法错了,那里那里节奏快了。就这样,死皮赖脸的,我跟张先生学起了琴。

后来便是师徒分隔沪杭,但关系并没有断。曾先生随剧团赴杭演出,不愿出门的张先生也会兴致勃勃前去观看。剧团在杭州停留,张先生就会带着曾先生逛西湖,访名胜。晚上又会支开师母,师徒促膝讲大半夜的话。

那时,张先生已经弹不动琴了,他就听我弹,听完了还是初见时那句话:"不错不错。"史家一向称张先生为"新浙派",但张先生说自己没派,有派也是"山林一派"。张先生一生狷介,如闲云野鹤。陈果夫请为幕僚,他说自己只会教书。赵观涛请他为其父写墓志铭,他直接回绝说:马屁文章我勿会写。北京大学音乐会邀他,礼堂门口看见"一张票时价两毛",张先生抱着"晦庵"返头就回来了,说是"我的琴不卖票"。张先生有些老派,瞧不入眼白话文,反对简化字,又说西医是石板医驼背。

曾先生翻出一张照片给我看。邮票大小的黑白照片上,曾先生正在抚琴,面容清秀,一身中山装笔挺,笔袋里插了支钢笔。照片背后用蓝墨水记着:1967年3月摄于上海。曾先生说,张先生就是这一年在杭州去世的,享年八十六岁。令人遗憾的是,曾先生没能见张先生最后一面,他见到的是一纸遗嘱——

张先生把"晦庵"留给了曾先生。

曾先生总跟我讲张先生的旧事,我其实更想听他自己的故事。曾先生人生得长长大大,貌相好,又有才学,怎么年轻时就没婚配呢?俩人谈天时我有意扯起话头,曾先生总是轻描淡写三话两句答对。说是没碰上对眼的人。说是人跟琴一样,有缘分才能走到一起。说是早些年也有同事做介绍,总是琴弹着弹着就忘了约会时间,热心人也就一个个冷了。

有一年落雪天公,我陪曾先生游大佛寺。山脚碰到一对高鼻子蓝眼睛的游客问路。不晓得是不是触景生情,曾先生主动讲了一桩事体。

曾先生说他在上海时,曾经碰上过一个丹麦女孩。由人陪着找到越剧院来,说是上海外国语学院的留学生,想跟他学琴。我没有直口答应,让她先来听听。那时我的单身宿舍里每天都有人跑来听琴,有时椅子不够,地上、床上甚至书桌底下也坐人。她会说中文,除去一些专业术语,交流没有任何障碍。女学生来听了几次后,越剧团的领导被惊动了。他们专门派了一个人到我宿舍,告诉我跟外国友人接触要注意分寸,不该讲的话千万不可讲,临走时还说"你宿舍里的卫生要好好搞搞了",意思大概是我代表着中国的形象。女孩来我宿舍听琴的时间不长。当时国内正搞运动——"清除精神污染",大街上不时有游街之类的事发生,我们越剧团原来自发跳交谊舞的人都不敢再跳了。她可能是担心出事情吧,就回丹麦去了。

那后来呢?我问。

哪里还会有后来啊？！曾先生说。

大佛寺的老蜡梅开得很旺，鼻头都要烂掉了。

也不晓得曾先生为啥要跟我讲这个。

少 宫

梅雨季节，曾先生的屋顶漏雨了。

开始只是外间有一处，后来出现了好多处，外间有里间有，家里的坛坛罐罐都对付不过来了。

等天放晴后，我去找了个泥作师傅。泥作架梯上墙，折腾半天，下来说，可能还得找木作。我又去找了个木作师傅。木作上去折腾半天，下来说，屋顶年久失修，好多椽子都烂了，要长久打算的话，得把所有瓦片揭去，重新钉椽子，而且梁有没有坏还是个未知数，总之是个大工程。

曾先生未置可否。我做不了主，木作就先回去了。

晴天筑漏，越筑越漏。

于是，楼上雨滴叮叮咚咚，楼下曾先生的琴叮叮咚咚。

曾先生无事一样。

可总不是一个事吧？

有一日，曾先生开口了：秀琴，要不，我们搬你家去住吧？

曾先生起初叫我操嫂，不知哪天起，突然改口叫我秀琴了，我还是曾先生曾先生地叫他。曾先生也不用信壳了。有一天堂前八仙桌上放信壳的地方多了张银行卡。我有点着慌。曾先生还是那句话：我多落来的钞票带不到棺材里去。曾先生又说，以后你自己支用吧，密码我改过了，你的生日。

我家的屋倒是空着。可曾先生也真想得出来。

曾先生曾经去过我家。我去收地里的庄稼，曾先生没事跟了去。桃源村在半山脚，我家的屋地势更高。曾先生回来连连称许，说我家的房子轩舒，开门见山又朝南晒阳，不像他的老宅压闷压气。

曾先生就不怕别人讲闲话？

有什么闲话好讲？

我一时舌短。

曾先生又说：各做各的人，别人的闲话哪听得过来啊？

看来曾先生也不是随口出。既然曾先生不在乎，那我还有什么好讲究的呢？

怕我反悔似的，曾先生说，择日不如撞日，干脆明朝搬。

后街的墙弄角落有许多搬家公司的红戳子。一个电话打过去，一架中型卡车一早便准点停在了弄堂口，车上下来两个厚皮厚肉的后生哥。

就这样，半日功夫，我和曾先生干手燥脚地挪了窝。

日子还是原来的日子。

我继续打算我的一日三餐。曾先生照旧叮叮咚咚弹他的琴。

搬家后，还是曾先生里间，我外间。

曾先生夜里从来无事。有一夜却喊脚冷。我说我给你冲个热水袋吧。曾先生说要不依帮我焐焐。我就帮曾先生焐脚。之后,我和曾先生就在一起了。

日子还是原来的日子。

我继续打算我的一日三餐。曾先生照旧叮叮咚咚弹他的琴。

曾先生的琴案还是摆在堂前的近檐处。我家是三间两层楼房,没有围墙和院门。天高地旷,声音便传得远。村里人都被琴声吸引过来。秉堂老汉有几个字眼,懂一点三脚猫的星相,评论说,曾先生抚琴的样子,颇像戏文里演《空城计》的诸葛孔明,就是少了把鹅毛扇。猪革也好牛革也罢,看过一遍西洋镜,村里人也便各忙各的田畈生活去了。

唯有孩子们,却像蚂蚁见了出土的曲蟮,日日一下学便聚拢到我家堂前。

曾先生面相和善,没大没细,有时还散零嘴,孩子们都欢喜他。

有一个孩子也来,只是每次都不近身,站得远远的,像落单的雁。

曾先生注意到了,问我是谁。我告诉他,是吕家老五的孩子,刚上小学一年级。吕家五兄弟生了大大小小一堆囡,就老五这一个是麻屑拖门槛的。吕家老五出来扛事时,并不知晓他媳妇怀了孩子。否则,出来扛事的估计也不会是他。

曾先生噢了一声。

隔两日,我无意间发现,那孩子也夹杂在小孩堆里听琴了。吃夜饭时,我就问曾先生,你主动招呼过来的?曾先生笑笑,这事你别管。

虽然看着碍眼，可大人是大人小人是小人，这个道理我还是晓得的。

曾先生抚琴时，螺丝屁股们都嘻嘻哈哈，有时还相互打闹。吕家那孩子却听得入神，痴痴呆呆的，零嘴抓手里也顾不上吃。

有天傍晚，等别的孩子散去，曾先生把那孩子单独留下了。

我正把灶间的菜朝外端，就留意看着。

曾先生把那孩子招到身边，指着琴问：想不想拨一拨啊？

孩子看一眼曾先生，伸出食指拨了一拨，又烫着似的缩回手。

曾先生说，没事，你胆大一些。

孩子这回把两只手都伸到了琴面上，声音零零落落。

你想不想学啊？曾先生又问。

孩子答得很轻，但我看见他的头像鸡啄米。

曾先生又耐妥妥加了一句：学琴这件事情，得你屋里大人来讲，才好算数。

听到这句话，我的心里格顿了一下，赶紧放下手上的菜碗进了灶间。

夜里，曾先生呷酒，我吃饭。曾先生没说什么，我也没有问什么。

接下来的几日，那孩子没再现身。曾先生问起，有孩子答说，那谁谁谁已经好几天没去上学了。

又过了三天，曾先生等的蛇出洞了。

但那日夜里上门的不是孩子爹,而是他的大伯——吕老大。斩头胚的头发全白了,一张脸干姜瘪枣皱皮打裥,再也没了往日的威势。他要找的人是曾先生,我正好避进灶间,眼不见为净。

曾先生客客气气请他坐,问他何事登门。

曾先生侬晓得我为何事来。吕老大说。

曾先生笑笑,侬不讲我哪会晓得。

我也晓得我没脸皮来求恳,但是为了孩子,死马活马我都得来试试。

孩子怎么了?

不肯去上学,爹做规矩,干脆勿吃勿喝了。

那孩子是想学琴吧?曾先生不再绕弯子了,我确实不带学生。但这事——也不是不可商量——

曾先生,只要能学,条件侬开——

那我直讲了——我就想晓得操嫂的丈夫是怎么死的。这事你跟公安讲过,但我想听的是另一个版本。曾先生说。

于是。

斩头胚在堂前一句一句地讲,我在灶间一句一句地听。

我才晓得,这么些年过去,我眼眶里蓄的眼泪水,竟然一滴也没有少去。

秀琴,你出来。曾先生喊我。

我收声走到堂前。

你都听到了吧?曾先生问我。

没等我答对,旁边的斩头胚忽然扑通一声跪了下来。

对不住啊操嫂，对不住侬操嫂，是我们兄弟寻事作孽——老头嘴里念叨着。

其实我们只想让他服个软，可他就是不松口，一步紧一步，死活不松口——老头边哭边念叨着。

事情做了我也懊悔啊，越老越懊越老越悔——老头哭着念叨着连连以头磕地。

后来，老头终于像个女娘一样哭哭啼啼走了，似乎连替小孩求托的前事都忘记了。

晓得真相有什么好啊？曾先生说，旧事重提，反倒害你难过一场。

哭一哭，我爽快多了。我跟曾先生说。

事实也是，经这一哭，我心里头的那个结似乎就此化解开了。

那，我弹琴给你听吧。曾先生说。

弦声切切如流水。曾先生弹的还是我欢喜听的《普庵咒》。

少　商

好像是北京奥运会之后吧，来看曾先生的人忽然多了起来。除了弹琴的弄音乐的，还有搞书画的，自称作家的，报社电视台的，后来甚至还来了当官做生意的。

各种回绝。曾先生有点烦。

我宽解他，别人欢喜琴，你应该高兴啊。

你看他们是真心喜欢琴吗？一个个穿戴得今不今古不古，三不像六样生，架子十像淘镂冰冷。曾先生说。

还有，我什么时候变成大师了？一夜之间我怎么就生出这么多的徒子徒孙啊？还不是拉虎皮扯大旗，行坑蒙拐骗之实？曾先生说。

一只手明明有五个指头，为什么要立一个禁指，他们知道吗？曾先生说。

为什么啊？我问，我也好奇。我只知道禁指就是小手指，曾先生从来不让它碰琴弦。

《说文》上讲，琴者，禁也。立一禁指，就是告诫世人，要有所为，更要有所不为。曾先生说。

生气归生气，人来了，曾先生照例还是客客气气。

这其中，小余于曾先生是个例外。曾先生在上海时，读大学的小余是琴听得最多的一个。曾先生一人一琴回乡后，俩人便断了音讯。某一天，小余忽然寻到了桃源村，问他说是辞掉银行工作回会稽开了家琴行。之后小余就成了常客。每年中秋过年两节必到，平时来也从不空手。小余来曾先生都留饭，我得加一荤一素，曾先生也会多喝一汤碗黄酒。一老一小端着酒碗，不聊别的，就聊琴。

讲得最多的是《文王操》。

曾先生这些年翻来覆去在打的古谱就是《文王操》。据曾先生讲，古籍中就有周文王渭水之滨访吕尚而作《文王操》和孔子向师襄学弹此曲的记载，之后历朝历代文士琴人的诗作琴论中每有提及。重奏此三百多年前的绝响，一直是近世琴人的梦想。但《文王操》有据可考的曲谱有十多种，各种版本曲名不一、段数不同、曲调相异、或有辞或无辞。这中间的甄别、择选和糅合，远非简单的打谱所能一言道尽。面对这块无处下嘴的硬骨头，诸多琴人不是望而却步便是半道折返。这抱憾的琴人中，就有曾先生时时念叨的张先生。曾先生总说自己是在混吃等死，要说有什么心事未了，那大概就是《文王操》了。

小余每次来都会带一些空白的五线谱。喝完酒听完琴，临走的时候，两个人总要抱一抱。我不知道这是什么礼数。曾先生跟我说，他去杭州看张先生，每次分开也会抱一抱。曾先生又说，七老八十的人了，谁知道下次还能不能见面啊。曾先生这话让我难过了好几日。

西哈努克去世后的某一日，曾先生终于把《文王操》打好了。

我所以能记得，是因为那个奇出古怪的名字。电视里在播新闻，我带眼看到，嗳，这名字怎么这么耳熟啊？后来想起来，是曾先生闲谈时提起过。八十年代时这个叫西哈努克的国王曾经看过曾先生他们的戏，谢幕时还上台跟演职人员一一握手呢。

曾先生呷好夜酒，我收碗盏。曾先生做手势让我等等，说是要给我听一首曲。

曾先生从楼上拿下来一沓谱，我就放下碗盏净了手坐下来听。

曾先生抚的就是《文王操》。

亲　人

收声后曾先生问我好听不好听,我说好听。

可我说好听有什么用啊,我又不会弹琴。

曾先生笑笑,说,会弹勿会弹不要紧,琴是弹给会听的人听的。

道理我是掰摘不过曾先生的。反正看见伊高兴,我也便开心。

过几天,小余来把那沓谱拿走了。

同一年的秋天,还发生了另外一些事体。

我陪曾先生去体检,曾先生说一带两便,让我也做做。曾先生执意,做做就做做。过几天去拿体检结论,曾先生没事,倒是我查出了问题。曾先生拿了我的化验单去问主任医生,问了很长时间。出来曾先生只说有几个指标不太好。

小医院靠不住,我们去上海看看。曾先生说。

我会吃会困上好贴通一个人,空劳劳去什么上海啊?我不答应了。

我带你去嬉嬉外滩,看看东方明珠塔,曾先生说,顺便查一查,放心些。

曾先生平时不太用手机。这次找出电话本打了不少电话。

小余开的车。对了,吕家孩子后来曾先生托的就是小余。

送到医院,一切就都由不得我了。曾先生托了熟人,住院部住下来后,胸透CT核磁共振生化全套胃镜切片一样一样做。我虽然字眼少,阵势还是看得出。是癌吧?我问曾先生。曾先生倒也不瞒我:问题出在胃里,好在发现得早。我请了上海最好的医生给你做手术，侬勿要怕，胃跟韭菜差不多，割了就长。临了大事，曾先生照旧泰悠悠，不慌不张。我要给我儿子打电话，曾先生拦我，忙就让他忙着吧。手术前后，曾先生一步勿脱守在床边，怕不周到，还请了个陪护。虽然请了陪护，事情曾先生还是抢着做。

原来曾先生也不是只会弹弹琴。

这倒好，变成你服侍我了。我对曾先生说。

曾先生把手上的书放下来，笑眯眯回对我：不着慌不着慌，等你病好了，还让你原模斯样服侍我。

这么久没摸琴，你郁屈煞了吧？我问曾先生。

曾先生呆了呆，说，还好还好。

院前前后后住了一个多月。曾先生没食言，出院后真当带我去嬉了外滩，爬了东方明珠塔。在塔前，我俩还合了个影，是曾先生提议的。我后来才知道，其实曾先生也是第一次爬东方明珠塔。

归到家的那个晚上，曾先生破例没有弹琴。

第二日一早掸尘时我才发现，搁皮上的琴——不见了。

我慌急慌忙喊曾先生。曾先生关了门在卫生间冲澡。

洗得干干净净出来，曾先生无事似的答了句：你住院期间，我托小余把"晦庵"卖了。

什么？！我杵在那里。

秀琴啊，曾先生喊我一声，人也好，琴也好，总有一天是要脱手的。

亲　人　117

我的眼泪水又一次不争气地尕了出来。

那天早晨,曾先生又跟我提起了张先生。他说张先生惜物却又不恋物,"文革"初期,前明陈圆圆的琵琶被砸,"虎啸龙吟"被盗。别人问起来,张先生淡然一笑:这天下都今天你明天他的,一张琵琶一床琴又算什么?曾先生说,张先生的书房里挂有马一浮先生持赠的一幅字,其中有两句他近年总会时不时想起。

我问哪两句。曾先生破例用普通话吟了出来——

他日移居山溪里,取琴为我召阳春。

之后,一直到过背,曾先生的手指再也没有碰过琴弦。

斯继东,1973年生,浙江嵊州人。以短篇小说创作为主。作品散见《收获》《十月》《今天》《人民文学》及《小说选刊》《小说月报》《新华文摘》等各种选刊、选本,多次进入《收获》文学排行榜、中国小说学会排行榜、中国当代文学最新作品排行榜、《扬子江评论》文学排行榜和花地文学榜等各类年度文学榜单,曾获林斤澜短篇小说奖、《十月》文学奖、华语青年作家奖、浙江优秀文学作品奖。结集出版有《白牙》《你为何心虚》《今夜无人入眠》等。现为《野草》杂志主编,绍兴市作协主席。

父亲的后视镜

黄咏梅

父亲生于1949年。过去，他总是响亮地跟别人说，我跟中华人民共和国同龄。不过，很久没听他再这么说了。退休前，父亲是个货运司机，跑长途。那些年月，汽车司机是很红的，跟副食品店员、纺织工人合称"三件宝"。父亲跟人炫耀光辉岁月，总是说，他最远跑到过天路，"呀拉嗦，那就是青藏高原……"一说，肯定就要唱。天晓得父亲是哪个年代开到过天路的。别人要是问起，天路是一条怎么样的路？他无言以答，只顾哼"呀拉嗦"，一哼没个完，好像他记忆里那条天路，开不到尽头，还时常超速，把人撇在后视镜都看不见的拐弯处。

公路上拖着大皮卡的那些货车司机，敞开车窗，赤着膊，肩头挂根油腻腻的毛巾，边扭动方向盘边朝窗外吐痰，或者逆着风大声讲粗话。父亲跟他们完全不一样，他无论跑多远，都穿得整整齐齐的，第二颗扣子永远扣牢以支撑衣领的挺拔，皮带卡在第二或第三只眼上，坐再久也不松懈。九十年代初，发胶刚刚开始流行那阵，父亲的车上就一直备着一瓶，风从来吹不动他的大背头。人们说，父亲倒像一个开礼仪车的，后边那一大卡车的货物，就像一支仪仗队，父亲领着他们在盘山公路、国道上拉练。我记得很清楚，父亲的驾驶室上挂着一个小相框，倒不是常见的平安符之类的东西，也不是毛主席肖像，是他八十年代在彩虹照相馆拍的四寸艺术照。所谓艺术照，也就是在黑白相片的基础上，涂上些彩色，眉毛加黑了，嘴唇微红，衬衫涂成了蓝色。坐在抖叽抖叽的驾驶椅上，父亲看看远方的路，又看看近前的艺术照，心里不知想到了什么，脸上露出了跟那照片一样的笑容，臭美地、轰隆隆地开向目的地。父亲的车开得并不快，他说，开得再快，也快不过前方那团云，一眼是这样，再下一眼，就跑样了，所以，着急啥呢？父亲不着急。父亲在路上跑的时候，感觉不到时光飞速，每次回家看看日历，摸摸脑袋，哎呀，这个月又穷啦？后来，我从物理课上学到了绝对运动定理，父亲在跑，时间在跑，父亲在路上的时间等于静止。

母亲在家守着我们兄妹二人，参照隔壁印刷厂工人老王一家五口的日子，时间就在做相对运动，跑得又快又漫长。母亲经常忧心忡忡地说，也不知道你们父亲在路上会遇到什么。那个时候没有移动电话，全靠父亲从某个途中加油站，拨个电话回家报平安，有时候是清晨，有时候是深夜。后来我才弄明白，母亲最害怕父亲在路上遇到人。仔细想想，父亲每次出车，不仅自己穿得整洁，还把大卡车也擦洗得清爽，的确像一个出门约会的男人。母亲的担心不是没有缘由。事实上，父亲四十岁那年，他跟他的卡车的确开出过轨道。这事情无需隐瞒，在我们这条红石板街，只要住过些年头的人，都不会忘记父亲那次出轨。那个下雪的深夜，他们在梦里被一阵接一阵的汽车长鸣惊醒了，叫声既像一个人在发疯，又像是拉响的警报，听说有好几个人从床上蹦下地，出门打算要往防空洞逃了，后来发现竟然是一辆卡车，停在我们红石板街中央，在我们家楼下那片空地，瞪着大大的远光灯，厉声尖叫着。雪仿佛是被它从天上叫下来的，簌簌发抖着跌落地面。人们看着这不明来路的庞然大物，竟然不敢张口开骂，只是探出头去，像看到一只受了伤、不断哀号的野兽。

　　卡车不知道叫了多久，忽然便一下子安静了下来，同时远光灯也熄灭了，人们才看见，我父亲那辆卡车不知什么时候已经停到了近前。他们先是沉默着，车头顶着车头。后来，父亲的卡车发动起来了，发出嗡嗡的叹息声。父亲一点一点地逼近，那辆卡车开始一点一点地往后退，一直退出了我们红石板街，在大转盘掉了个头，朝城北开出去了。父亲的卡车安静地跟在后边，打着亮亮的远光灯，照亮了前边的道路。一前一后，他们开到国道上去了。

被灯光照亮过的雪,是有记忆的,结冰时就把光锁在了里边。两辆卡车留下的车痕,有时重叠,有时分开,每一段都特别深、特别亮。我母亲踩在车痕上,来来回回地走。天亮的时候,父亲回来了。如同他每次跑完长途回家一样,用热水把自己洗得干干净净,把大背头梳得亮亮的,然后倒到床上,睡了一个长长的觉。

人们再也没见到过那辆尖叫的卡车,他们总是不无遗憾地说,可惜那晚灯光太刺眼了,看不清车上那个四川婆。"四川婆"漂亮的吧?我母亲也常这样问父亲,父亲从来没正面回应过,在他看来,这问题就是公路上设的一个路障,他手握方向盘,绕了过去。

不要总是老生常谈嘛,我们是新社会的人。我跟新中国同龄。父亲理直气壮地越过这路障。

新社会的人,就要做这样的荒唐事?母亲眼眶就红了。

好啦好啦,都过去了,已经开过十八道弯了,都过去了不是吗?父亲就这么哄着母亲。

我们都没有见过"四川婆",她是父亲远方的情人。

母亲生前也有一个情人,他总是在远方。父亲跑长途,远的地方,一趟七八上十天的,母亲就把父亲一件灰色的旧毛衣垫在枕头上,把手伸进袖口里,这样,她就躺在父亲的胸口上了,并跟父亲握着手。等到父亲出车回来,很奇怪地,那个远方的情人就消失了。她总是动不动就埋怨父亲,那种温柔的思念一扫而空。通常是吃过饭,把我们打发去做作业了,她就开始对着桌上的空碟、脏碗，责备起父亲来。归根结底，她是怨父亲不顾家庭，一个人跑到外边潇洒，留下她一个人在家拖儿带女。父亲也不逃避，安静地坐在母亲身边，用火柴将香烟点着后，花一点时间，用食指和拇指将火柴烧黑的地方捻掉，火柴变成了一根牙签，在父亲牙缝间进进出出。母亲那些唠叨在父亲耳畔进进出出，父亲像剔牙一样将它们剔了出来。

偶尔，父亲也不会绕开这些"路障"，会向母亲申辩。你以为一个人在外边跑有多潇洒？我不累？你自己想想看吧。母亲沉默一下，心里认输了，嘴巴还是要犟的：再累也没我累，我一个人，既要上班，又要照顾两个孩子，你一个人在外头，吃饱穿暖，全家不饿的……我哪里是一个人了？我后边不是拖着一条大尾巴？我母亲光联想到父亲坐在驾驶室疾驰的风光模样，她忘记了父亲身后那一车重重的货物。母亲无语了。父亲站起身来，拍着母亲的肩膀，柔声说：我哪里是一个人？我背后拉着一台拖拉机呢。母亲彻底沉默了，肩膀慢慢地松懈下来。

父亲常说，他的身后拉着台拖拉机，母亲是车头，哥哥是左轮，我是右轮。

在我和哥哥的成长过程中，父亲经常缺席，他从来没有参加过一次家长会，他的签名从没出现在我们任何一本作业簿上。可是，父亲却为我们的求知欲付出过沉重代价。那一年，哥哥念初三，我念初一，我们不再满足从父亲捎回来的特产袋子上找课本里读到的地名了，我们缠着父亲讲那些地方。可是，父亲每每让我们失望。父亲抱歉地解释说，你们老爸天天坐在这个大玻璃罩子里，脚都不沾地，这些地方，多数是在镜子里看到的，你们知道，后视镜里看到的东西，比老王伯伯的风筝还飞得远，又远又小。是的，隔壁老王伯伯经常从印刷厂里拿回些彩纸，扎各种各样的纸风筝，星期天带上他们家三个女儿到运河边放，我们也会跟去。运河边空旷，北风南风全都不缺，风筝遇到风就会失控，线一松就往天空蹿，很快就远成一个点了。既然父亲在路上看到的风景仅仅是那样的一个个点，父亲又有什么好说的呢？可我们还是不甘心。我们趴在父亲的卡车轮子边，用手摸着厚厚的轮胎，想要从那些粗糙的纹路里，找到父亲碾过的地方，张家界、桂林、南京长江大桥、嘉峪关……最后，我们钻进父亲的驾驶位上，吵闹着，让父亲带我们到公路上，到这个小城以外的任何一个地方去。父亲从来没有妥协过。运输厂纪律很严，别说是我们小孩子，就连母亲，都没坐过父亲的车出城，她最多坐过父亲的车到十里外的郊区农场买红茶菌。母亲恐吓我们说，别老缠着爸爸和他的卡车，要是爸爸饭碗丢了，我们这台拖拉机就报废了，到那个时候，拆掉你们这两只轮子，卖钱去。我们就再不钻进父亲的驾驶室闹了。

有一天，吃过晚饭，父亲从房间里拿出一沓照片，神秘兮兮地递给我们。我们一看，竟然全是父亲在路上拍的。原来父亲求厂里那个工会主席借了相机。这些照片拍下的多数是公路牌。很多地名我们听也没听说过：怀集、白沙、乐从、溧阳……也有我们知道的：桂林、长沙、武昌，天啊，竟然还有贺兰山。哥哥显摆地背起了那首诗："驾长车，踏破贺兰山缺，壮士饥餐胡虏肉，笑谈渴饮匈奴血。待从头，收拾旧山河，朝天阙！"父亲赞赏地看着哥哥，那目光让我嫉妒死了。母亲也凑了过来，一张一张去认照片上的地名。翻到一张"宁夏人民欢迎您！"的路标时，她激动了半天，说，哎呀，这就是宁夏啊。原来她读书时，有个要好的同桌，读了一年就跟着父母转学到宁夏，从此杳无音讯，似乎跑到西伯利亚那么远去了。所以，她对宁夏这个地名印象特别深刻。母亲像找到了老同学般激动。过后，我从书里找哥哥背的那首《满江红》，心里一阵郁闷，此贺兰山非彼贺兰山啊，当时，竟然没有一个人知道，就连开到过贺兰山的父亲也不知道。那么，父亲算不算到过这些地方？

逐渐地，我们不再满足看公路牌，我们吵着父亲要看风景。父亲只好拍些沿途的风景回来。一座奇怪的石头山，一排飒爽的钻天杨，一道有趣的倒淌河，以及一轮即将沉入群山的落日……父亲的拍摄技术不怎么样，他的取景器总是装不完那些美丽的瞬间，这时，父亲就会在旁边用话语补充给我们听，有照片为指示牌，父亲说得生动些了。

父亲拍回来的照片越来越多，也越来越好看，他被路上的风景迷住了。因为这些照片，我们觉得自己就坐在父亲的副驾驶位上，到了父亲所到的地方，看到了父亲所看到的风景，我们不再觉得父亲远得只剩一个点了。

我们开始记挂在路上的父亲，会看着街上任何一辆车，想，不知道这次，父亲又会拍回什么样的照片呢？我们这样记挂着，觉得时间慢得像蜗牛。那天，父亲回来了，脸色沉重，二话不说，只顾喝水。气氛严肃，我和哥哥便没敢吵着父亲要看照片。母亲更伤心，她只是一直重复着那句话：阿基，就是不能停啊，以后千万别停了！父亲没做任何申辩，他垂着头，乖乖地重复着母亲的话：是啊，就是不该停的啊，以后千万不能停了……原来，父亲这次开到贵州六盘水盘山公路，那地方刚下过雨，山与山之间正骑着一道彩虹，像年画里看到的那么美。父亲生怕这彩虹消失了，连忙停下车，抓起相机，跑到路边拍起来。没想到，父亲停车的地方是盘山路一个转弯口，迎面一辆货车看到父亲的卡车时，刹车已经来不及，两相对撞，货车翻了，父亲卡车上的货物也被撞得七零八落。万幸的是，人没事。父亲被厂里记过处分，还要负责赔偿货物损失。

父亲再也没有停下来拍照。那些地图一样的照片，一段时间被我夹在课外书里，当书签。

父亲拉着我们这台拖拉机，吭哧吭哧地进入了新世纪，好在，我们都算争气，哥哥念了一所理科重点大学，毕业后在一家著名的证券公司工作，他骄傲地对父亲说，我跟您一样，也抓方向盘啦，我的手一转，上亿金额从我的手里转进转出。哥哥成了业界颇有名声的操盘手，赚大钱了，给父亲在运河边买了一套公寓。我呢，则读了文科，在一家报社工作，比上不足比下有余。在买下人生第一辆车那天，我隆重邀请父亲这个老司机坐到副驾驶位。那时父亲已经退休在家，开始看时间参照自己在做相对运动，他认为时间比过去快多了，像一辆改装后提速的卡车。我们一直朝城北开去，上了新开通的一条高速公路。父亲刚开始对车的感觉有些保守，总是盯着我的脚底下看，似乎害怕我踩错了油门和刹车。在高速路上飙了一阵，父亲才有点兴奋起来，他说，你这样开车，真像那个女人。我愣了一下，才明白他在讲"四川婆"。那个女人开得一点都不端庄。父亲说，就像你现在这样，从这条车道窜到那条车道，我跟在她后边，净看到她的车屁股扭来扭去，野得很。父亲遇见那女人的时候，是想跟上她，教训她一下，对她说，车不能这么开，太危险了，刚才她超他的时候，差点撞上了他的车头。谁知道那女人一直没让父亲赶上。扭着个大屁股，在我跟前晃啊晃的。父亲暧昧地笑了笑，不知道是想起那女人还是那车的屁股了。父亲赌气地一路跟着她，那女人见甩不掉父亲，就那样保持着若即若离的距离。一直开到一个汽车旅馆，他们都停了下来。他们坐在一起吃饭，好像经过一路上的较量彼此已经熟悉。后来，父亲干脆请那女人喝起了酒，他们喝得很尽兴，每喝一杯就像在用手挂挡，一挡、二挡、三挡……他们加速度冲向终点。

我猜，父亲跟那个女人爱得很疯狂，那个下雪的夜晚，女人跟踪父亲来到我们红石板街，疯狂地揿响喇叭，母亲说，就像一只在雪地里撒泼打滚的母老虎。

父亲向母亲保证过，想要再跟那女人见面，除非母亲不在这个世界上了。不过，直到母亲去世，父亲也没再跟那女人联系。父亲说，怎么能开历史倒车呢。

父亲一辈子只会开车，也没有培养什么业余爱好。母亲去世后,他独自一人打发晚年生活。我们劝父亲学点什么,父亲都兴致不高,后来哥哥想起父亲曾经爱拍照,就给他买了架简易的莱卡照相机。父亲拿着相机在运河边转悠,将远景拉成近景,将天空的云图分成若干帧局部,将一朵花拆成几瓣,将运河搓成一根线……如此半年不到,父亲发现,从镜头里看到的世界,其实跟肉眼看到的也没什么区别。他不玩了,把莱卡相机放进柜子里。

六十岁那年,医生检查出父亲的脊椎变形、增生,是长期坐驾驶椅落下的职业病,晚年加重,压迫了神经,出现耳鸣、双腿发麻等症状。医生教父亲尝试倒着走路,可以锻炼脊椎,减轻疼痛。父亲很快喜欢上了这项运动,他做得很好。只见他双手握拳,双臂前后摆动,就像胸前摆着一只方向盘,父亲上下转动着它,一发动,便双膝微曲,左右、左右,一步步朝后退去。父亲倒行得很稳当,既撞不到朝前行走的旁人,也撞不到身后的树木、花丛、栏杆,仿佛他的身体左右各安了两只后视镜,背上装了只影像雷达,并且还发出了嘟嘟的警报声:倒车,请注意,倒车,请注意……每天,父亲给自己定下了起点和终点,从稻香园小区出发,沿着河堤,倒行至拱宸桥底,再折返,参照那条一路向东流淌的运河,父亲顺流一趟,逆流一趟,如此往复,一日两次,服药般定时定量。这种有起点有终点的运动,让父亲找回了上班的感觉,少一趟他都会觉得浑身不舒服。

父亲倒行的本领日渐上乘,速度已经可以跟那些慢跑者相媲美,他就像车流中一辆逆行的车子,往往引来行人避让、侧目,父亲超过了这些人,并且跟这些人对望,他正视着他们,朝和善者微笑,朝埋怨者挤挤眼,直到把这些人远远地甩在他的正前方。有一次,由于手臂摆幅过大,父亲撞到了一个男人的脊背。男人停下脚步,朝父亲瞪大了眼睛,嘴里骂骂咧咧。父亲超过他之后,一边倒退着,一边朝男人作揖道歉,男人觉得父亲倒行作揖的动作实在滑稽,简直有点卓别林的效果,便转怒为乐,用手臂捅一下身边的女伴,两人指着父亲笑起来。父亲看着那对开心的男女逐渐从自己眼前远去,最终变成两只小点。父亲说,现在我才知道,原来后视镜里的小点是这样形成的,有趣。

父亲倒行遇见了很多有趣的事。那个漂亮的年轻妈妈拉着小儿子闪进灌木丛,不一会儿就传出了小孩哭声,父亲清楚地看到了她教训儿子的过程,她无声地揪着那孩子的耳朵,又无声地把作业本塞进那孩子的手上;那个跟在生气的姑娘身后的男孩,数次抬起手,虚拟着去敲姑娘的后脑,表情既无奈又解恨;那一对老头老太磨蹭地落在了晨运队伍后边,他们偷偷拉了一会儿手;那个拉着行李箱的少年后边,跟着个中年男人,他走一会儿,就将手背放到脸上抹一把,抹完还不忘东张西望……倒行不仅有趣,也使父亲的脊椎轻松多了,他在电话里对我说,就像有人在前边拉着自己走,一点都不用使力的,即使上坡也不用挂挡,哈哈。父亲神清气爽的样子,让我感到欣慰,也减轻了我对父亲的内疚,算起来,我已经有两个月没回家看过父亲了。

一个秋天的傍晚,父亲倒行至德胜桥底拐弯的一个小坡,竟发生了"车祸"。他的脊背重重地遭到了一下撞击,脚下一个趔趄,重心朝后倒,要不是刹车果断,他差点一屁股摔到地上。父亲随即听到了一声尖厉的"啊呀",之后很快爆发了一串响亮的笑声。父亲掉转车头,查看"车祸"现场,只见一个女人先他转过了头,查明事故原因后,兀自先笑了起来。那女人原来也在做着跟父亲一样的倒行运动,因而接收不到父亲身后的雷达警示,于是——两背相撞。

父亲停下了,女人也停下了。彼此道歉,并不追究事故责任人。父亲和这位姓赵的女士,放弃了他们此次出车的终点,他们停留在各自的中间站,坐到运河边的长椅上,交流起他们的"行车经验",聊得愉悦。自此,他们每每相约到德胜桥下的那张长椅,偶尔,也结伴倒行至武林门或者拱宸桥。那赵女士调皮地称父亲为"驴友"。当父亲头一回跟我说起这个词的时候,我还以为赵女士是位时髦的中年妇女。说实话,父亲孤零零的,我倒不拒绝父亲再找一个阿姨。

认识了赵女士之后,父亲生活变得丰富多彩,尤其晚上,他的手再也不去抓遥控器了,他抓住了赵女士的手。在横跨运河的那条潮王桥下,依着河堤的那只桥洞里,开有一间歌舞厅,名叫水晶宫,在运河一带是极其有"老人气"的,白天集中在河边运动的老人们,到了晚上会带着舞伴来这里娱乐。赵女士喜欢带父亲到"水晶宫"去"嘭嚓嚓"。刚开始,父亲不愿意去,他这辈子没跳过舞,跳舞对他来说是新事物,他的腿不懂得"前嗒嗒、后嗒嗒、嘭嚓嚓、嘭嚓嚓",他的手从不会握着女人的手和腰，"左晃晃、右晃晃、嘭嚓嚓、嘭嚓嚓"。赵女士像唱歌一样念着这些口诀，培训着父亲。她说，跳舞嘛，小意思，就是嘭嚓嚓、嘭嚓嚓嘛！她边说着，用脚带着父亲，前前后后地舞了起来。赵女士跳起舞来，是真的很迷人的，父亲向我坦白过这一点。

据赵女士自己介绍，她今年五十有六，一儿一女都在外地生活，目前属于"空巢"一族，她跟她的老伴，呃，每每提到她的老伴，父亲总觉得她有满腹辛酸。起初，父亲倒不想太了解她老伴，横竖他和赵女士仅仅是"驴友"，即使像现在这样拉着手握着腰"嘭嚓嚓"，也只限于纯洁的"驴友"友谊。可偏偏赵女士最爱讲的还就是她老伴，仿佛那个人是缠绕她一身的慢性病，生气起来如山倒，多数时候提起来又如抽丝。时日长了，父亲渐渐明白，赵女士早就不想跟老伴过了，无奈就是找不到离婚的契机。明白了这一点，父亲的心就像踮到了一块石头，咯噔地颠了一下。在与赵女士认识、交往的这一路上，父亲的路况极其不稳定，总是被这样"咯噔、咯噔"地颠着，父亲的心脏就有了反应，他先是同情赵女士，后来，就喜欢上了赵女士。

某天晚上，父亲约赵女士又到水晶宫，买了两张十元钱含茶水的门票。他捏着赵女士的手，"嘭嚓嚓，嘭嚓嚓"。这晚，他发挥得尤其好，自我感觉也非常佳。父亲的外形在水晶宫里是出挑的，尽管他的头发稀疏了，但长年保持的大背头依旧隆起，闪着发胶浇湿的光泽，他的皮带还毫不吃力地搭在第二格里,他跳舞的时候,脖子尽量伸得长长的,在蓝荧荧的灯光下,就像一尾俊美的白条鱼,而赵女士呢,父亲觉得她就像风情万种的美人鱼了。

几曲跳毕,他们坐到边上的圆桌喝茶歇息。他们置身的水晶宫,宫殿的穹顶就是桥身,在音乐停止的间隙,能听到桥上过车的轰鸣,感受到车轮碾过桥身的颤动,在这些熟悉的颤动中,父亲一脚油门到底,朝赵女士飙出了一句:离婚吧,跟我过!这句话一脱口,父亲就感到头顶的桥身上,一辆重型卡车正隆隆驶过,凌空的重量仿佛要压向自己。赵女士并没有回答父亲,她只是站起身,优雅地朝父亲伸出一只右手,邀请父亲跳下一支快三。一被父亲揽住,赵女士才忽然变得羞涩起来,她服帖地倚着父亲,随着父亲的脚步,前进一步,后退两步……他们像两条优雅的鱼,欢乐、亲昵,在这幽暗的水晶宫里,游过来游过去。

隔三岔五地,赵女士就来跟父亲住。父亲先是觉得别扭,但又不愿意拒绝。赵女士生动活泼的生活作风,用父亲的话来说是——很有味道的。赵女士到家里来,改造了父亲的生活滋味,这滋味好是好,但细嚼起来也有那么点异常,父亲总觉得这样名不正言不顺的夫妻生活,实在是不成体统的,也心存隐恐,他说,哪天,老胡杀上门来,会宰了我们。尽管父亲从没见过老胡,也不知道老胡住在哪个小区哪间公寓,但在赵女士长期的描述中,父亲已当他是一位抬头不见低头见的邻居了。赵女士面对父亲的担忧却毫不在意,她总是说,老胡病恹恹的,拳头都握不紧,怕什么?再说了,我已经跟他分床住,等到春节,子女都回来后,我们就摊牌离婚。面对仍有疑虑的父亲,赵女士豪爽地说了一句:嗨,你怎么那么老派,现在都是新时代了,我们可是新时代的人啊!父亲才想起,自己出生于1949年,是中华人民共和国的同龄人呐。

这么看来,赵女士是位开放、大方的新派人物,事事显示出跟这个时代合拍的步调,可唯独在见家人这件事情上,赵女士表现得不可突破地传统。当父亲要求把赵女士带给我和哥哥认识的时候,赵女士却坚持自己的原则,理由是时机还不成熟,见过家人,那就意味着要成为一家人了,目前,"我们还不能成为一家人",父亲把赵女士的原话告诉了我们。我和哥哥顿时觉得,这位赵女士有热情,却不乏理性,绝对是操持家政的一把好手。一度,我们甚至把"成为一家人"当成了父亲余生的寄托,有这位"驴友"陪伴父亲同走人生最后阶段,也没什么遗憾了。

那年春节,注定是个不平常的日子,就连我那一贯运筹帷幄的哥哥也有点抓不准了。他给我打电话说,妹妹,会不会我们春节回去,家里就多了个新——妈妈?哥哥的心情跟我一样复杂。我更多地想起了我们的母亲,这个常年枕着父亲毛衣独自睡觉的女人,这个常年参照着隔壁老王家生活得又苦又漫长的女人。母亲没有跟进到这个越来越美好的新时代,她就是一台过时的拖拉机,永远停留在了那个埋头耕耘的年月。母亲真的没享到福。除旧迎新之际,往事历历在目,我想得泪流满面。

不过，我又不得不宽慰自己，父亲跟赵女士结婚后，我就可以有理由长时间不回家了，我跟父亲的距离，就心安理得地处于一种远方的距离，而远方总是充满了想念、温柔、美好，我的父亲跟母亲就如同一张张旧照片，好好地珍存在我过去的某个远方了。

离大年三十还有五天，赵女士拎着一只新扫帚，几瓶玻璃水、油葫芦等清洁用品，风风火火地跑到父亲家，说要提前给父亲"扫垃圾"，因为两天后，她的子女回家，就没工夫管父亲了，她要处理离婚大事了。父亲心里一阵温暖，将这个正扎着一块头巾用扫帚撩着蜘蛛网的女人认定为自己的妻子，并下决心跟她一起养老至终。

赵女士怕父亲被灰尘呛着，命父亲到运河边做做运动。出门前，父亲喝下了一杯浓醇的铁观音，他关上门的那一刻，隐约听到了赵女士欢快地哼起了小曲。父亲微笑着下了楼，散步到河堤，"预备，开始！"父亲轻快地往后迈出了第一步。北风吹得树叶哗哗地往一侧倒去，似乎在为运河当啦啦队，有旁观者助威，运河跑得比平日快，像一个志在必得的冠军选手。父亲在逆风中稳住了自己，他双拳紧握，上下摆动着胸前那只"方向盘"，步伐如此坚定，仿佛他是在朝前奔去，是迎着风，相反，运河则在他的视线里一点点往后退去。父亲想着，那种孤单凄清的晚年生活，即将像这运河一样，速速退出自己视线了。父亲百感交集，他的思维在一个又一个弯道里行驶。

父亲倒行一个来回后，神清气爽地回到家，只见屋内窗明几净，悄无声息，一缕冬阳正罩着桌上那杯喝剩的铁观音，好心好意地为父亲加热着。毫无迹象地，赵女士如灰尘般消失了。就像一个会变戏法的女巫，赵女士骑着那把扫帚飞走了。她还把父亲衣柜里那些值钱的东西都变走了，包括：两只夏家祖宗传下来的金元宝、一对母亲的玉手镯、一只瑞士老手表以及那架还装着风景的莱卡照相机。父亲找遍了衣橱、壁柜、床底，甚至每一只抽屉，赵女士都不在里边。

父亲坚决不承认赵女士是个女骗子，他为她做过许多设想，他想得最笃定的就是——赵女士被老胡抓走了，没收了手机，软禁起来了。那么，老胡在哪呢？这个一度被父亲当成邻居却从没出现过的人，随着赵女士的消失，遥远得成了一个没有形状的黑点，甚至，一个点都不是，是一团白色的浮沫，逐渐消散。我们劝父亲报警，父亲死活不同意。他说，这绝对不是入室抢劫，哪里会有这么一个贼，先帮主人打扫卫生，然后再拿东西？赵女士不是贼。好在，父亲的损失并不算太严重，加起来不过几万块钱。赵女士没拿走父亲的存折，她知道，拿了也取不出来，反而成为一名大盗。

父亲没有报警，他在水晶宫门口守了好些个夜晚，他在运河一带来来回回地碰，期待能与他的"驴友"重逢。这些美好的念头一次一次从侥幸的身边擦肩而过。整个冬天过去了，春天来了，万物发芽的时候，父亲将那些美好的念头掐芽，他将它们制成茶叶，泡水喝。夏天即将到来的时候，父亲终于敢直面这次挫败，他向我们坦白，跟那个女人好的时候，还给过四万元让那女人代为炒股,也不知道她到底有没有炒。我和哥哥倒吸了一口冷气,像侦破一桩大案般,顺着父亲一点一点的交代,闪回了各种蛛丝马迹。哥哥说,遇到大盗了,这应该是一个有组织、有预谋的诈骗团伙,回过头看,父亲在德胜桥倒行的那次"车祸",就是那女人的一次"碰瓷"。马路"碰瓷"这类手法,对于长期在路上开车的人来说,往往一眼就能识破,父亲为什么轻易就上当了呢?父亲没做任何解释,他低下头,用手慢慢地捋着那一丛稀疏的大背头,反复说:在那个地方,就不应该停下来的,不该停的,我真像驴一样蠢啊……看着父亲这个样子,哥哥悄悄地对我说,我们的父亲真的老了,已经搞不掂这个时代了。我的心里一阵疼痛。

父亲再不乐意在路面上倒行了。他跟大多数老头子一样,在运河边散散步,坐在长椅上晒晒太阳。不过父亲还是跟大多数老头子不一样,他不爱扎堆聊天,木乎乎的,找僻静的一截河岸,坐在椅子上,看着离自己不到十米远的运河,以及河上稀稀拉拉的几艘货船,目送它们从下游的一个河湾处逐渐消失。父亲想起了很多遥远的事情,仿佛他的脑子里有无数面镜子,那些关于我母亲以及我们兄妹的往事,在镜子里成像清晰,他自个儿看得感慨万分,常常不管在上班时间还是午睡时间,拎起电话就给我或哥哥打:小峰,你们小时候用石头去砸车厂的猪,人家都跑掉了,你还傻乎乎地站在那里看,害得我在厂里上了一个晚上的家长学习班……小妹,你总是吵着妈妈给你买明星贴纸,妈妈不给,你就到我挂在门背的衣服口袋里翻,每次都有五毛钱在里面吧?那是我故意留在里边的……唉,你们妈妈都没好好坐过我的车,她总是说,想坐我的车去宁夏看看,她最远到过哪里?……唉,你们妈妈最可惜了,都没享到福……这些星星点点的事情,让父亲变得忧伤甚至消沉。我不得不鼓励他:老爸,别老想着过去,你要往前看,吃好穿好,过好每一天,现在生活好了,想要什么就去买,我给你买……父亲从来都乖乖应答,仿佛他是大病刚愈的患者。我讲得口干舌燥,心里其实很虚弱,我又能帮他做些什么呢?电话结束的时候,父亲说得最多的一句话是:怪了,就像是昨天发生的事情……

有一天上午,我接到父亲的电话,他兴致勃勃地告诉我,他决定开始练习游泳,他打算到运河里游一游。我吓了一跳,当即警告他,千万别做这事,这条肉眼看起来平缓的河水,实际上太危险了。在我的印象中,父亲从不会游泳。可父亲却丝毫听不进去,他很兴奋,向我说起老家乡下的那条河,他说他从小就是泡着这条河水长大的,不过他只懂得青蛙式,小时候一淘气,奶奶就会追着他打,一追,他就跳进河里,奶奶在岸上又气又急……父亲说:我要把游泳捡回来,今年夏天到运河里走走。电话里,我听到了一声清脆的船鸣,我猜父亲正站在河边,羡慕地看着一艘货船,仿佛运河是他即将启航的另一条公路。

父亲对运河游做足了准备。他到小区的游泳馆,花八百元请了那个健硕的游泳教练,一对一地教他,并且只教一个动作——仰泳。父亲觉得仰泳这个姿势太优雅了。人像睡觉般仰卧在水里,头枕在水面上,双臂在身体两侧轮流划水,双腿夹着水往后蹬,一往后蹬,人就往前飘出几米,这比在河堤上倒行优雅多了。

父亲练得刻苦认真,除了每天到游泳馆,教练利用午休时间一对一地训练他之外,他更多的时间是在家里自行练习。他穿着厚厚的羽绒服和棉裤,仰卧在客厅的木地板上,双手在身体两侧划着地面,双脚则配合地往后蹬。他先是在原地滑动,反复练习之后,他开始尝试着在地板上游。他顺着客厅往卧室的那条笔直长廊,来回地游。后来,他掌握了用髋部拐弯,就从客厅的长廊里游进卧室,再从卧室游进书房……父亲的方向感很强,他的脑袋就像一个舵,能准确地判断出,前方十点钟的位置是房门,左边九点的位置是一张茶几,右边四点的位置是一只拖鞋……父亲摆着舵,轻易地绕开了这些障碍物。

夏天还没真正到来,父亲已经可以仰躺在水面上,周游游泳池了。即使池子里人再多,父亲都不会撞到他们,就算那个埋头划着狗刨式的大块头,鲁莽地就要撞向父亲了,父亲都会调整好身体,脚掌一踩水,来一个侧滑,像一条无声无息的鱼,优雅地从大块头身边掠过。教练抱着双臂站在池子边,得意地看着他六十四岁的高徒,他对他的同事说:所以说,年龄根本不是问题,关键看怎么教,谁来教。

那个午后,父亲从一场充足的午睡中醒来。他开始行动了。

他穿上一件文化衫，在游泳裤外套上一条阔短裤，脚踏进一双拖鞋，再用一只塑料袋装上一条浴巾，精神抖擞地往河边走去。在文化广场的一个坡下，他找到了走下运河的那条阶梯。他站在倒数第四级阶梯，脱下了衣裤和拖鞋，将它们装进塑料袋里，放在地上，又犹豫了一下，返回坡上，在草丛里找来一块石头，将石头压在塑料袋上。做完这一切，父亲才放心地走向最后一级台阶。

父亲的脚一迈，重心就交付给了与他做伴几十年的运河。

跟父亲的理想完全吻合。他平躺在河面上，顺着流水的方向，不紧不慢地，两手划水，两脚蹬水，脑袋顶水，那丛大背头被浸湿了，坍塌下来，藤蔓般稀稀拉拉地攀在他头上。游着游着，父亲惊讶地发现，在这里游泳根本不费力气，比在木地板上、游泳池里省力多了。他开始放松身体，快乐地、轻盈地向前浮游，并不时扭头看两岸风景，路灯、长椅、花坛、六角亭、柳树、橙色的健身器械……他看到自己走了无数遍的那条堤岸，他朝岸边挥挥手，就像一个阅兵的首长。偶尔，父亲会停下来，身体静止在水面上，很享受地朝天空打个呵欠。远远看去，那样子真像是睡着了。

父亲优雅的游泳逐渐吸引了两岸的观众，他们倚着栏杆，站在树荫下看，其中有几个人，还迈起了碎步，一路跟着父亲，跟了一会儿，他们看到一辆装满黑煤的货船，远远地驶过来了。货船的船身被压得很低，破着深深的水线，笔直朝前开，仿佛稍微做个侧身都很困难。在距离父亲还有几百米远的时候，货船已经发现了水上这个障碍物，长长地鸣叫了几声，把岸上的人都吓了好几跳。

父亲丝毫不理会那噪音，他慢条斯理地继续直线朝前游，仿佛他的脚掌上安着两只后视镜，在货船还没叫喊之前，他就先看到了它，并且完全掌握了它跟自己的距离。

货船越驶越近，它已经不可能再为父亲调整方向了。这辆身上写着"湖州007号"的货船，主人是一对中年夫妻，他们着急地走出船舱，双手叉腰，朝前方的父亲大声嚷嚷。紧接着，他们养的一条大狼犬也站到船头来了，它朝父亲紧锣密鼓地示威嚎叫。岸上的人开始揪起了心，好像父亲很快就会被卷到船底下，有的人还甚至朝父亲呼叫、打手势，他们以为父亲是个聋子。

就在货船与父亲相距不到一百米的时候，只见父亲双腿一蜷，身体一个侧翻，沉入水里，几秒之后，又浮出了水面，父亲脑袋朝下，背朝天空，张开四肢，像一只敏捷的青蛙，迅速地朝岸边游去，给货船让出了路来……

货船超过父亲的时候，那对中年夫妻惊魂未定，就像被捉弄了一番，恼怒地朝父亲大叫大骂，而那只大狼犬却无比安静，它警惕地看着远处的父亲，耳朵紧张地竖着，仿佛水中潜藏着一个威力无穷的不明危险物。

沉重的货船疲倦地朝前方开远了，风平浪静。父亲又回到了河中央，他安详地仰躺着，闭着眼睛。父亲不需要感知方向，他驶向了远方，他的脚一用力，运河被他蹬在了身后，再一用力,整个城市都被他蹬在了身后。

2013年10月写于杭州翡翠城

  黄咏梅,女,生于1974年。在《人民文学》《花城》《钟山》《收获》《十月》等杂志发表小说,多篇被《小说月报》《小说选刊》等转载并收入多种选本。出版小说《一本正经》《把梦想喂肥》《隐身登录》《少爷威威》等。曾获《十月》文学奖、《人民文学》新人奖、《钟山》文学奖、林斤澜优秀短篇小说作家奖、《北京文学》双年优秀短篇奖、汪曾祺文学奖等,小说多次进入中国小说学会年度排行榜。

大　师

双雪涛

　　那时我还小，十五岁，可是个子不小，瘦高，学校发下来的校服大都长短正好，只是实在太宽阔，穿在身上即使扣上所有扣子，拉上能拉的拉链，还是四处漏风，风起时走在路上，像只气球。所有见过我的人，都说我长得像父亲："嘿，这小子和他爹一模一样，你瞧瞧，连痦子都一模一样。"尤其遇见老街坊，更要指着我说："你看这小子，和他爹小时候一样，也背着个小板凳。"确是如此，我和父亲都有一颗痦子长在眉毛尾处，上面还有一根黑毛。父亲也黑瘦，除去皱纹，几乎和我一样，我们二人于是都得了"黑毛"的绰号，不同的是，他的绰号是在青年时叫起，而我的，是从城市的街边流传。

正因为身材一样,所以父亲能穿我的衣服。

母亲在我十岁的时候走了,哪里去了不知道,只是突然走了,此事在父亲心里究竟分量几何,他并不多说,我没哭,也没问过。一次父亲醉了酒,把我叫到近前,给我倒上一杯,说:"喝点?"我说:"喝点。"父亲又从兜里摸出半根烟递过,我摆摆手没接,喝了一口酒,夹进一口豆腐,慢慢嚼。豆腐哪禁得住嚼,两口就碎在嘴里,只好咽下,举着筷子喝酒。菜实在太少,不好意思再夹了。就这么安静地喝到半夜,父亲突然说:"你妈走的时候连家都没收拾。"我说:"哦?"他说:"早上吃过的饭碗还摆在桌子上,菜都凝了,你说这是怎么回事儿?"我说:"我不知道。"他点点头,把筷子搁在桌子上,看着我说:"无论什么时候,用过的东西不能扔在那,尿完尿要把裤门拉上,下完棋的棋盘要给人家收拾好,人这东西,不用什么文化,就这么点道理,能记住吗?"我说:"记住了。"那时头已经发晕,父亲眉间的那根黑毛已经看不真切,恐怕一打嗝豆腐和酒就要倾在桌上,所以话尽量简短,说完赶快把嘴闭上。父亲说:"儿子,睡吧,桌子我收拾。"于是我扶着桌子进屋躺下,父亲久久没来,我只听见他的打火机啪啪地响着,好像扭动指节的声音。然后我睡着了。

父亲原是拖拉机工厂的工人,负责看仓库,所以虽是工人的编制,其实并没有在生产线上做工,而是每天在仓库待着,和各种拖拉机的零件待在一起。所谓仓库管理员,工资也比别人低,又没个伴,没人愿意去,就让父亲去,知他在工作上是没有怨言的人。说白了,仓库管理员是锁的一种,和真正的锁不同的是,父亲能够活动,手里还有账本,进进出出的零件都记在本儿上,下班的时候用大锁把仓库锁住,蹬着自行车回家。工厂在城市的南面,一条河的旁边,据说有一年水涨了起来,一直涨到工厂的门前。工人们呼喊着背着麻袋冲出厂房,水已经退了,留下几处淤泥,据说还有人抓了一条搁浅的鱼回去,晚上炖了,几个人打过扑克,喝了鱼汤。父亲的仓库在城市的北面,事实就是如此,工厂在城市南面,仓库却在北面,来往的路上跑着解放汽车,一趟接着一趟。仓库紧挨着监狱,因为都在路边,都有大铁门,也都上着锁,所以十几年来,经常有探亲的人敲响父亲的门:"这是监狱吗?"父亲说:"这是仓库,监狱在旁边。"问的人多了,父亲就写了一块牌子立在仓库门口,写着:仓库。不过还是有人敲门:"师傅,这是监狱的仓库吗?"于是父亲又写了另一块牌子,立在仓库的牌子旁边,写着:监狱在旁边,北走五百米处。

之后还有人走错,父亲就指指牌子。

监狱的犯人们,刑期将满的,会出来做工。有一天清早呼呼噜噜出来一队,修的就是监狱门前这条路,三五十人,光着脑袋,穿着号儿坎,挥动着镐头把路刨开,重新填进沥青,然后圆滚滚的轧道机轧过,再挥着大扫帚清扫。忙了整整一天,正是酷暑,犯人们脖子上的汗,流到脸上,流到下巴上,然后一滴接一滴掉在土里,手里的镐头上上下下地抡着,地上晃动着上上下下的影子。黄昏的时候,活干完了,犯人坐在父亲的仓库前面休息,狱警提了两个大铁桶,装满了水,给犯人喝,前面一个喝过,脏手擦擦嘴角,把水瓢递给后面的人,自己找地方坐下。喝过水之后,狱警们抽起烟,犯人们坐成一排相互轻声说着话,看着落日在眼前缓缓下沉。父亲后来对我说,有几个人犯人真是目不转睛地在看。这时一个犯人,从怀里掏出棋子和塑料棋盘,对狱警说:"政府,能下会儿棋不?"狱警想了想说:"下吧,下着玩行,谁要翻脸动手,我让他吃不了兜着走。"那犯人说:"不能,就是下着玩,我们都不会下。"说着把棋盘摊在地上,棋子摆上,带棋子的犯人执红,坐在他旁边的一个犯人把手在身上擦了擦,执黑。"你先。""你先。"最终红先黑后,俩人下了起来。

下到中盘,犯人们已都围在旁边,只是没有人高声讲话,静悄悄地看着,时不时有人说一句:"这活驴还会下个棋咧。"众人笑笑,继续看。红方棋路走得熟稔,卖了一个破绽,把黑车诱进已方竹林,横挪了个河沿炮,打闷宫,叫车。黑方没有办法,只好飞象保命,车便给红方吃了去,局势随即急转直下,两车对一车,七八步之后,黑方就投子认输。输的那人站起来,说:"你这小子,不走正路子,就会使诈。"红方说:"那还用说,我是个诈骗犯啊。"众人哄笑间,另一个坐下,接过黑子摆上,这时两三个狱警也围过来,和犯人挤在一团看棋,犯人渐渐把最好的位置腾了出来。下到关键处,一个狱警高叫了一声:"臭啊,马怎么能往死处跳?"说着,伸手把黑方走出去的马拿回,指住一个地方说:"来,往这里跳,准备高吊马。"

黑方于是按图索骥，把马重新跳过，红方后防马上吃紧，那黑马如同达摩克利斯之剑一样高悬，红方乱了阵脚，百般抵抗，还是给高吊的黑马将死了。众人鼓掌，有人说道："没想到政府棋好，政府上来下吧。"众人都说是好主意，耍耍无妨，路已修完，天黑尚早，不着急回去。那狱警便捋了袖子，坐在红方，说："下棋是下，不要说出去，还有，不用让我，让我让我瞧出来，就给你说道说道。"这么一说，没人敢上，你推我我推你，看似耍闹，其实心慌，哄狱警上来的犯人，早躲到最后面去。

这时，一个跛脚的犯人走上前来，站在狱警对面，说："政府，瘸子跟您学学。"说是跛脚，不是极跛，只是两腿略略有点长短不一，走起路来，一脚正常迈出，稍微一晃，另一条腿突然跟上，好像在用脚丈量什么。狱警说："行，坐下吧。还有多长时间出去啊，瘸子？"瘸子说："八十天。"狱警说："快到头了，出去就不要再进来了。"瘸子说："知道，政府。你先走吧。"狱警在手边扯过红炮放在正中，说："和你走走驾马炮。"瘸子也把炮扯过来，放在正中，说："驾马炮威猛。"然后就闭上嘴，只盯着棋盘，竟也开的是驾马炮的局。狱警说："咦，后手驾马炮，少见。"瘸子不搭茬，有条不紊地跟着走，过了二十几手，狱警的子全给压在后面，除了一个兵，都没过河，瘸子的大队人马已经把红方的中宫团团围住，却不着急取子，只是把对方全都链住，动弹不得。父亲在旁边一直站着看着，明白已经几乎成了死局，狱警早就输了，瘸子是在耍弄他。狱警没有办法，拈起一个兵拱了一手，瘸子也拈起一个卒拱了一手,并不抬头,眉头紧锁,好像局势异常紧张。围观的犯人全都安静得像猫,就算不懂棋的,只要不是色盲,也知道红方要输了,虽是象棋,却已形成了围棋的阵势。狱警不走了,频频看着瘸子眼色,瘸子也不催,只是低着头好像在思索自己的棋路。天要黑了下来,犯人们突然有人说:"和了吧,和棋。"马上有人应和:"子力相当,正是和棋,不信数数。瘸子你说是不是?"瘸子却不说话,只是等着狱警走。这时父亲在旁边说:"兄弟,炮五平八,先糊弄一招。"狱警抬头看了一眼,知是仓库管理员,没怎么说过话的邻居,反正要输,依父亲的话走了一手,瘸子马上拿起车伸过去,把炮吃了,放在手里。父亲说:"马三进二,弃马。"狱警抬头说:"大哥,马也要弃?"父亲说:"要弃。"狱警把马放在黑方象眼,瘸子飞起象把马吃掉,和炮放在一起。父亲说:"沉炮将军。"狱警沉炮,瘸子把另一只象落回。父亲说:"车八平五叫杀。"瘸子又应了一手,局势又变,再走,又应。三五手过后,红方虽然少子,不过形成一将一衔之势,勉强算是和棋,不算犯规。狱警笑着说:"以为要输了,是个和棋,瘸子,棋这东西变化真多。"瘸子忽然站起,盯着父亲说:"我们俩下。"父亲还没说话,狱警说:"反了你了,操你妈的,是不是想让老子把你铐上!"瘸子把头低下说:"政府,别误会,一个玩。"狱警说:"你还知道是个玩?是不是想把那条腿给你打折?操你妈的。"众犯人上来把狱警劝住,都说:"瘸子嘛,要不怎么是瘸子呢?算了算了。"父亲趁机躲回仓库,在里屋坐着,很晚了才开门出来回家，路上漆黑一片，已经一个人也没有了。

之后狱警骑车经过仓库，车轱辘底下是新铺的路。看见父亲，会招手说："高棋，忙呢？"父亲说："没忙，没忙，卖会儿呆。"狱警点点头，骑过去了。那年父亲三十五岁，妈妈刚刚走了，爷爷半年之后去世。

一个月之后，父亲下了岗，仓库还是有人看，不是他了，时过境迁，看仓库的活也成了美差，非争抢不可。按照死去的爷爷的话说，是这么个道理，就算有一个下岗也是他，何况有这么多人下岗，陪着，不算亏。

父亲从十几岁开始喜欢下棋，到了让人无法容忍的程度，爷爷活着的时候跟我说："早知道唯一的儿子是这样，还不如生下来就是个傻子。"据说，父亲下乡之前，经常在胡同口的路灯底下下通宵，一洒灯光，一群孩子，附近会下棋的孩子都赶来参加车轮战，逐渐形成一群人对父亲的局面。第二天早上回家，一天一夜没吃没喝，竟还打着饱嗝，脸上泛着光辉，不说话，只是愣愣地看着爷爷傻笑，爷爷说："兔崽子，笑个什么？下个臭象棋还有功了？"父亲说："有意思。"然后倒头睡了。下乡之后，眼不见心不烦，爷爷知道他在农村也要下，看不见就算了吧，只要别饿死累死就行。从父亲偶尔透露的只言片语判断，确如爷爷所料，在农村下了四年棋，一封信也没写过。后来没人与他下，又弄不到棋谱，就自己摆盘，把过去下过的精彩的棋局摆出来，挨个儿琢磨。回城之后，分到工厂，那时虽然社会不太平，工厂还是工厂，工人老大哥，人人手里一只铁饭碗。刚进了工厂没多久,举行了象棋比赛,父亲得了第一名,赢了一套印着"大海航行靠舵手"的被罩。母亲当时是另一个车间的喷漆工,看父亲在台上领奖,笑得憨厚,话也不会说一句,顿觉这人可爱又聪明,连眉毛上那根黑毛都成了可爱又聪明的缩影,经人说合,大胆与父亲谈上了恋爱。爷爷看有媳妇送上门,当即决定拿出积蓄,给母亲买了一辆永久牌自行车,黑漆面,镀钢的把手,斜梁,座位下面有一层柔软结实的弹簧,骑上去马上比旁人高了一截。母亲非常受用,觉得一家子人都可爱,一到礼拜天,就到父亲家里来干家务,晒被,擦窗,扫地,做饭。吃过了饭,掏出托人在百货商店买的瓜子和茶叶,沏上茶,嗑着瓜子,陪爷爷聊天。

有一次父亲站起来说:"你们聊着,我出去转转。"爷爷说:"不许去,坐下。"母亲说:"让他出去转转吧,我陪您老聊天儿。"爷爷说:"前一阵子街上乱,枪啊炮啊搬出来,学生嘴里叼着刀瞎转悠,现在好些了,也有冷枪,前院的旭光,上礼拜就让流弹打死了。"母亲点点头,对父亲说:"那就坐会儿吧,一会儿骑自行车驮我回去。"父亲说:"爸,旭光让打死的时候,正在看我下棋。街上就那一颗流弹,运气不好,我就没事儿。"爷爷脸色铁青,对父亲说:"你想死,等娶完了媳妇,生完了孩子再死。"母亲忙说:"大爷,您别生气,时候不早了,让他送我回去吧,我来的时候街上挺平静,晌天白日的,不会有事儿。"于是父亲驮着母亲走了,在车后座上,母亲掐了父亲一把,说:"你啊,现在这么乱,上街干吗?净给老人添乱。"父亲说:"不是,是想下个棋。"母亲说:"你看这大街上一个人也没有,谁和你下棋?这么着,你教我,我回头陪你玩。"父亲说:"教你?棋这东西要悟,教是教不了的。"母亲笑着说:"傻子,你还当真了,别说你看不起人,有跟你学棋的功夫,还不如说说话呢。"正说着,路边一棵大树底下,两个老头儿在下棋,父亲马上把脚踩在地上,停了车,说:"我去瞧一眼。"母亲伸手去拉,没拉住,说:"那我怎么办?"父亲头也不回,说:"等我一会儿。"父亲刚在树荫里蹲下,一颗子弹飞过来,从母亲的脚底下掠过,把自行车的车链子打折了。

虽说如此,一个月以后,父亲和母亲还是结婚了。

父亲下岗之后,又没了老婆,生活陷入了窘迫。因为还生活在老房子里,一些老街坊多多少少地帮着,才不至于陷入更加悲惨的境地。老师看我不笨,也就偶尔帮我垫钱买课本,让我把初中念下去。"黑毛啊,课本拿好,学校给的。"她经常这么说,但我知道是她自己买的。父亲的酒喝得更多,不吃饭也要喝酒,什么酒便宜喝什么。烟是在地上捡点烟蒂抽,下棋的时候对方有时候递上一根,就拿着抽上。衣服破了,打上补丁,照样穿,邻居给的旧衣服,直接穿在身上,胖瘦不在乎。一到我放暑假寒假,就脱下校服给父亲穿,校服我穿得精心,没有补丁。父亲接过,反复看看,穿上,大小正好,只是脸和校服有点不符,像个怪人。"走,"父亲然后说,"把板凳拿上吧。"

母亲还在的时候,我就跟着父亲出去下棋,父亲走在前面,我在后面给背着板凳。母亲常说:"儿子,你也不学好,让你妈还活不活?"我说:"妈,闲着没事儿,作业也写完了,去看大人玩,算个什么事儿啊。你好好待着。"就背上板凳跟着父亲走。父亲从不邀我,也不撵我,愿意跟着走就走,不跟着也不等,自己拿起板凳放在自行车后座,骑上车走。看得久了,也明白个大概,从车马炮该如何行走懂起,渐渐也明白了何为锁链擒拿等,看见有人走了漏招也会说:"叔,不妙,马要丢了。"然后叔就丢了马。只是看了两年,父亲的棋路还没看懂,大树下,修车摊,西瓜摊,公园里,看父亲下棋,大多是赢,有时也输,总是先赢后输,一般都输在最后一盘。终于有一天,我好像明白了一些,回家的路上,下起了雪,我把板凳抱在怀里,肩膀靠着父亲的后背,冷风从父亲的前面呼呼地吹来,让父亲的胸口一挡,不觉得多冷了。我说:"爸,最后一盘你那个士支得有毛病。"父亲不说话,只是眼看前方,在风雪里穿梭,脚上用力蹬着车。我继续说:"好像方向出了问题,应该支右士不是左士。"到了家,锁上车进屋,母亲还没下班,平房里好像比外面还冷。父亲脱下外衣,从抽屉里拿出象棋,摆在炕上,说:"咱俩来三盘,不能缓棋,不能长考,否则不下。"我有些兴奋,马上爬上炕去,把红子摆上。父亲给了我手一下说:"先摆的摆黑,谁不知道红的先走?"我于是把棋盘旋转,又把黑的摆好,开下。输了个痛快,每一盘棋都没有超过十五分钟,我心中所想好像全被父亲洞悉,而父亲看起来的闲手全都藏着后续的手段,每个棋子底下好像都藏着一个刺客,稍不留神就给割断了喉咙。下完了三盘,我大为沮丧,知道下棋和看棋是两码事,看得明白,走着糊涂,三十二个子,横竖十八条线,两个九宫格,总是没法考虑周全。下完之后,父亲去生炉子,不一会儿炕就热了起来,父亲回来在炕上盘腿坐下说:"现在来看,附近的马路棋都赢不了你,但是你还是个臭棋,奇臭无比。今天教你士的用法,下棋的人都喜欢玩车马炮,不知道功夫在士象。一左一右,拿起来放下,看似简单,棋的纹路却跟着变化,好像一个人出门,向左走还向右走,区别就大了,向左可能直接走进了河里,向右可能就撞见了朋友,请你去喝酒,说白了,是势的大不同。现在来说常见的十几种开局,士的方向。"说着,随手摆上,开始讲士,讲了一个钟头士,母亲还没回来,父亲开始讲象。从象,讲的东西散了,讲到朝鲜象棋象可以过河,这涉及中国的历史和高丽的历史,也就是朝廷宰相功能的不同;又讲到日本象棋,又叫本将棋,和国际象棋有些相像,一个兵卒奋勇向前,有可能成为独霸一方的王侯,这就和日本幕府时期的历史有了联系。如此讲下去,天已经黑了,我有点恍惚,从平时母亲的态度看,父亲的这些东西她是不知道的。我说:"爸,这些你怎么知道的?"父亲说:"一点点知道的。"我又问:"那你怎么今天把士的方向搞错了?"父亲想了想,说:"有时候赢是很简单的事,外面人多又杂,知人知面不知心,想下一辈子,一辈子有人和你下,有时候就不那么简单。"说到这里,门锁轻动,父亲说:"坏了,没有做饭。"母亲进来,眉毛上都是雪,看见我们俩坐在炕上,雪也没掸,戴着手套愣了半天。

现在我回想起来,那个夜晚特别长。

从那以后出去,背上了两个板凳。我十一岁的时候,有人从新民来找父亲下棋。那人坐了两个小时的长途汽车,到父亲常去的大树底下找他。"黑毛大哥,在新民听过你棋好,来找你学学。"那人戴着个眼镜,看上去不到三十岁,还像个学生。穿着白色的衬衫,汗把衬衫的领子浸黄了,用一块手帕不停地擦着汗。眼镜不是第一个,在我的记忆里,从各个地方来找父亲下棋的人很多,高矮胖瘦,头发白的黑的,西装革履,背着蟑螂药上面写着"蟑螂不死,我死"的。什么样子的都有。有的找到棋摊,有的径直找到家里。找到家里的,父亲推开一条门缝,说:"辛苦辛苦,咱外面说。"然后换身衣服出来。一般都是下三盘棋,全都是两胜一负,最后一盘输了。有的人下完之后站起来说:"知道了,还差三十年。"然后握了握父亲的手走了。有的说:"如果那一盘那一步走对了,输的是你,我们再来。"父亲摆摆手说:"说好了三盘,辛苦辛苦,不能再下了。""不行,"对方说,"我们来挂点东西。"挂,就是赌。所谓棋手,无论是入流的还是不入流的,其中都有人愿意挂,小到烟酒和身上带的现金,大到房子金子和存折里的存款,一句话就订了约的有,找个证人签字画押立字为凭的也有。父亲说:"朋友,远道而来别的话不多说了,我从来不在棋上挂东西,你这么说,以后我们也不能再下了,刚才那三盘棋算你赢,你就去说,赢了黑毛。"说完父亲站起来就走。还有的人，下完棋，不走，要拜父亲当师傅。有的第二天还拎着鱼来，父亲不收，说："自己的棋，下可以，教不了人，瞧得起我就以后当个朋友，师徒的事就说远了。"

那天眼镜等到父亲，拿手帕擦着汗，说要下棋，旁边的人渐渐围过，里面说："又是找黑毛下棋的？"都说："是，新民来的，找黑毛下棋。"父亲坐在板凳上，树上的叶子哗啦呼啦地响，他指着自己的脑袋说："老了，酒又伤脑子，不下了。"那年父亲四十岁，身上穿着我的校服，胡须长了满脸，比以前更瘦。同时期下岗的人，有的人已经做生意发达了，他却变成一个每天喝两顿散白酒、在地上捡烟蒂抽的人。话也比过去少多了，只是终日在棋摊泡着，确实如他所说，半年来只是坐在板凳上看，不怎么出声，更不下场下棋。眼镜松开一个纽扣说："不下了？听说半年前还下。"父亲说："是，最近不下的。"眼镜说："我扔下学生，坐了两个小时汽车，又走了不少路，打听了不少人，可是你不下了。"父亲说："是，脑袋坏了，下也没什么用。"眼镜继续用手帕擦着汗，看着围着的人，笑了笑，说："如果新民有人能和我下，我不会来的。"父亲想了想，指着我说："朋友，如果你觉得白来了的话，你可以和他下。"眼镜看了看我，看了看我眉毛上的痦子，说："你儿子？"父亲说："是。"眼镜在眼镜后面眨了眨眼，说："你什么意思？"父亲说："他的棋是我教的，你可以看看路子，没别的意思，现在回去也行，我不下了。"说着又指了指自己的脑袋说，"脑子坏了，谁都能赢我。"眼镜又看了看我，用手摸了摸我的脑袋说："你几岁了？"我说："十一。"他说："你的棋是你爸教的？"我说："教过一次，教过士的用法。"大伙儿笑了。眼镜也笑了，说："行咧，我让你一匹马吧。"我说："别了，平下吧，才算有输赢。"大伙儿又笑了，他们是真觉得有意思啊。眼镜蹲下，我把板凳拉过去，把黑子摆上，说了半天，确实年纪小，就执黑先走。到了残局，我一车领双兵，他马炮单兵缺士象，被我三车闹士赢了。眼镜站起来，从兜里掏出一支钢笔放在我手上，说："收着吧，自己买点钢笔水，可以记点东西。"父亲说："钢笔你拿回去，他有笔。我们下棋是下棋。"眼镜看了看父亲，把钢笔重新放进兜里，走了。

　　回家的路上，我在后座上想着那支钢笔，问："爸，你真不下了？"父亲说："不下了，说过的话当然是真的。"接着又说，"你这棋啊，走得太软，应该速胜，不过这样也没什么不好。在学校不要下棋，能分得开吗？"我说："能，是个玩嘛。"父亲没说话，继续骑车了。

　　现在说到那时的事了。

　　那时我十五岁，鸡巴周围的毛厚了，在学校也有了喜欢的女生，一个男孩子样的女生，头发短短的，屁股有点翘，笑起来嘴里好像咬着一线阳光。偶尔打架，揍别人也被别人揍，但是无论如何最后一次一定是我揍别人，在我心里，可能这是个原则问题。父亲已经有三年没参加家长会了，上了高中一年级的时候，家长会是初中老师代表我爸去的。她比初中时候老了一点，可又似乎没什么变化，好像她永远都会是那个人，我知

亲　人

道那恩情可能同样永远地还不了了，虽然我也知道，她从没有等着那个东西。父亲有两次在冬天的马路边睡着了，我找遍了半个城市，才把他找到，手脚都已经无法弯曲，胡子上都是冰碴。自那以后，我在父亲的脖子上挂了一个牌子，上面写着我家的地址，因为没法不让他出门到棋摊坐着，只好寄希望于一旦走丢，好心人能把他送回来。他还穿着我的校服，洗得发白，深蓝色的条纹已经变成了天蓝色，他还是固执地穿着，好像第一次穿上那样，对着镜子笨拙地整理着领子。

包括我初中老师在内，没有人知道我下棋。十五岁的我，已经没人把我当孩子了，那时城市里的棋手提到"黑毛"，指的是我。傻掉的父亲很少有人再提了。

一个星期六的中午，同学们都去了老师家补课，上午数学，下午英语，我背着板凳准备出门，问父亲去不去，父亲说，不去了。他说出的话已经含糊不清，很难听懂，之所以不去，是因为他还没起来，在被里醉着。那是北方的七月，夜里下了一场暴雨，早上晴了，烈日晒干了雨水，空气还有点湿，路上都是看上去清爽的人，穿着短袖的衣服顶着太阳走着。楼下的小卖部前面围了一群人，小卖部的老板是个棋迷，门口老摆着一副硕大的胶皮子象棋，随便下，他在旁边擦着自己的自行车，有空就看上一眼，支上几招。这人后来死了，从一座高桥上跳进了城市最深的河里，据说是查出了肺癌，也有人说是有别的原因，那是多年以后的事情了。老板与我很熟，没人的时候，我偶尔陪他玩上一会儿，让他一马一炮，他总是玩得很高兴，没事就给我装一袋白酒让我带给父亲。那天我本来想去城市另一侧的棋摊，那里棋好，要动些脑筋。看见楼下的棋摊前面围了那么多的人，我就停下伸头去看。一边坐着老板，抽着烟皱着眉头，棋盘旁边摆着一条白沙烟和一瓶老龙口的瓶装白酒，我知道是挂上东西了。另一边坐着一个没有腿的和尚，秃头，穿着黄色的粗布僧衣，斜挎着黑色的布袋，因为没有脚，没有穿僧鞋，两支拐杖和一个铜钵放在地上，钵里面盛着一碗水。说是没有腿，不是完全没有，而是从膝盖底下没了，僧裤在膝盖的地方系了一个疙瘩，好像怕腿掉出来一样。

　　老板把烟头扔在地上，吐了一口痰说："嗯，把东西拿去吧。"和尚把手里的子递到棋盘上，东西放在布袋里，说："还下吗？"老板说："不下了，店不能荒着，丢东西。"说着他站起来，扭头看见了我，一把把我拉住，说："黑毛，你干什么去？"我吓了一跳，胳膊被他捏得生疼。"你来和这师父下，东西我出。"说着把我按在椅子上。我看了看棋盘上剩下的局势，心里很痒，说："叔，下棋行，不能挂东西。"和尚看着我，端起钵喝了口水，眼睛都没眨一下，还在看着我。老板说："不挂你的东西，挂我的，不算坏你的规矩，算是帮叔一把。"转身进屋又拿了条白沙，一瓶老龙口放在棋盘旁边。和尚把水放下，说："再下可以，和谁下我也不挑，东西得换。"老板说："换什么？"和尚说："烟要软包大会堂，酒换西凤。"老板说："成。"进屋换过，重新摆上。人已经围满，连看自行车库的大妈，也把车库锁上，站在人群中看。我说："叔，东西要是输了,我可赔不起你。"老板说:"说这个干啥?今天这店里的东西都是你的,只管下。"和尚说:"小朋友,动了子可就不能反悔了,咱俩也就没大没小,你想好。"我胸口一热,说:"行,和您学一盘吧。"

从中午一直下到太阳落山,那落日在楼群中夹着,把一切都照得和平时不同。我连输了三盘棋,都是在残局的时候算错了一步,应该补的棋没补,想抢着把对方杀死,结果输在了毫厘之间。和尚赢去的烟酒布袋里已经装不下了,就放在应该是脚的地方。最后一盘棋下过,我突然哭了起来,哭声很大,在人群中传了开去,飘荡在街道上。我听见街道上所有的声响,越哭越厉害,感觉到世界上我一个人也不认识,世界也不认识我,把我随手丢在这里了,被一群妖怪围住。

和尚看我哭着,看了有一会儿,说:"你爸当过仓库管理员吧?"我止住哭,说:"当过。"和尚说:"眉毛上也有一根黑毛吧?"我说:"有。"和尚说:"把你爸叫来吧,十年前,他欠我一盘棋。"我忽然想到,对啊,把我爸叫来,把我的父亲叫来,把那个曾经会下棋的人叫来。我马上站起来,拨开人群,忽然看见父亲站在人群后面,穿着我的校服,脖子上挂着我写的家庭住址,一动不动地看着我,眼睛像污浑的泥塘。我又哭了,说:"爸!"父亲走过来,走得很稳当,坐下,对和尚说:"当年在监狱门前是我多嘴,我不对,今天你欺负孩子,你不对。我说错了没,瘸子?"和尚说:"不是专程来的,遇上了,况且我没逼他下。"父亲说:"一盘就够了,三盘是不是多了？"和尚说："不多，不就是点东西。"说着，把身子下面的东西推出来，布袋里的东西也掏出来，对老板说："老板，东西你拿回去，刚才的不算了。"老板说："这么多街坊看着，赢行，骂我我就不能让你走。"和尚说："我没有脚，早已经走不了，只能爬。"说完，用拐杖把自己支起来，支得不高，裤腿上的疙瘩在地上蹭着，东西一件一件给老板搬回屋里，然后坐下对父亲说："刚才是逗孩子玩呢，现在咱们玩点别的吧。"父亲用手指了指自己："我这十年，呵，不说了，好久没下棋了，脑袋转不过来。"和尚笑说："我这十年，好到哪里去了呢？也有好处，倒是不瘸了。"父亲在椅子上坐正了，说："好像棋也长了。"和尚说："长了点吧。""玩吗？""我刚才说了，玩点别的。"父亲说："玩什么？"和尚说："挂点东西。"父亲说："一辈子下棋，没挂过东西。"和尚说："可能是东西不对。"说完从僧衣的怀里掏出一个小布包，布包打开，里面是一个金色的十字架。十字架上刻着一个人，双臂抻开，被钉子钉住，头上戴着荆棘，腰上围着块布。东西虽小，可那人，那手，那布，都像在动一样。和尚说："这是我从河南得来的东西，今天挂上。"人群突然变得极其安静，全都定睛看着和尚手里的东西，好像给那东西吸住，看了一眼，还想再看一眼。父亲冲和尚手里看了看说："赢的？"和尚说："从庙里偷的。"父亲说："庙里有这东西？"和尚说："所以是古物，几百年前外面带进来的，我查了，是外国宫里面的东西。你赢了，你拿走，算我是为你偷的。"父亲说："我输了呢？"

和尚抬头看了看我说:"你儿子的棋是你教的吧?"父亲说:"是。"和尚说:"我一辈子下棋,赌棋,没有个家,你输了,让你儿子管我叫一声爸吧,以后见我也得叫。"人群动了一下,不过还是没有什么声音。父亲也抬头,看着我,我把手放在他的肩膀上,那个肩膀我已经很久没有依靠过了,我说:"爸,下吧。"父亲说:"如果你妈在这儿,你说你妈会怎么说?"我说:"妈会让你下。"父亲笑了,回头看着和尚说:"来吧,我再下一盘棋。"

向老板借了硬币,两人掷过,父亲执黑,和尚执红,因为是红方先走,所以如果是和棋,算黑方赢。和尚走的还是架马炮,父亲走平衡马。太阳终于落下去了,路灯亮了起来,没有人离去,很多路过的人停下来,踮着脚站在外面看,自行车停了半条马路。两人都走得不慢,略微想一下,就拿起来走,好像在一起下了几十年的棋。看到中盘,我知道我远远算不上个会下棋的人,关于棋,关于好多东西我都懂得太少了。到了残局,我看不懂了,两个人都好像瘦了一圈,汗从衣服里渗出来,和尚的秃头上都是汗珠,父亲一手扶着脖子上的牌子,一手挪着子,手上的静脉如同青色的棋盘。终于到了棋局的最末,两人都剩下一只单兵在对方的半岸,兵只能走一格,不能回头,于是两只颜色不同的兵卒便你一步我一步地向对方的心脏走来。象士都已经没有,只有孤零零的老帅坐在九宫格的正中,看着敌人向自己走来。这时我懂了,是个和棋。

父亲要赢了。

在父亲的黑卒走到红帅上方的时候，和尚笑了，不过没有认输，可是继续向前拱了一手兵，然后父亲突然把卒向右侧走了一步，和尚一愣，拿起帅把父亲的黑卒吃掉。父亲上将，和尚拱兵，父亲下将，和尚再拱，父亲此时已经欠行，无子可走，输了。

父亲站起来，晃了一下，对我说："我输了。"我看着父亲，他的眼睛从来没有这么亮过。父亲说："叫一声吧。"我看了看和尚，和尚看了看我，我说："爸。"和尚说："好儿子。"然后伸手拿起十字架，说："这个给你，是个见面礼。"眼泪已经滚过了他大半个脸，把他的污脸冲出几条黑色的道子。我说："东西你收着，我不能要。"和尚的手停在半空，扭头看着父亲，父亲说："我听他的，东西你留着，是个好东西，自己一个人的时候还能拿出来看看，上面多少还有个人啊。"和尚把十字架揣进怀里，用拐杖把自己支起来说："我明白了，棋里棋外，你的东西都比我多。如果还有十年，我再来找你，咱们下棋，就下下棋。"然后又看了看我，用手擦了一把眼泪，身子悬在半空，走了。

十年之后，我参加了工作，是个历史老师，上课之余偶尔下下棋，工作忙了，棋越下越少了，棋也越下越一般，成了一个平庸的棋手。父亲去世已有两年，我把他葬在城市的南面，离河不远，小时候那个雪夜他教我下棋的那副象棋，我放在他的骨灰盒边，和他埋在了一起。

那个无腿的和尚再没来过，不过我想总有一天，他会来的。

双雪涛，出生于八〇年代，沈阳人，小说家。首位入围台北文学奖的大陆作家，首位华文世界电影小说奖首奖得主，华语文学传媒大奖"年度最具潜力新人"，第三届单向街·书店文学奖"年度青年作家"，首届燧石文学奖最佳短篇小说奖得主。

已出版作品包括《翅鬼》《天吾手记》《聋哑时代》和短篇小说集《平原上的摩西》《飞行家》。

母 亲

曹 寇

1

星期三的晚上,我接到一个陌生电话,当时我正在北京一个酒局上喝得昏天黑地。这个电话虽然没有让我像影视桥段中那样立即从酒精中清醒过来,但确实让我吃惊不小。为此我还暂且从酒局中脱身,找了一个所谓僻静的地方,而这个僻静之所无疑正是厕所里的蹲坑隔间。也就是说,对方不仅能在话筒中听到我的声音,也许也能听到如厕人士的说话声、呕吐声、排泄声,以及抽水箱那一声声巨吼。不过,诚如厕所蹲坑隔间发明者的初衷那样,这确实是一个私密空间,使我们看上去每个人都有点隐私。

电话那头是一个嗲声嗲气的女人的声音。这不表明她是一个年轻女人,恰恰相反(如果我没有记错的话),这个自我介绍为"刘女士"的人,她应该五十多岁了。嗲声嗲气只是她的音色和说话方式,这在十年前就是这样。十年前,刘女士四十多岁,当时即已离异多年,但女儿蒋婷跟着她,当时蒋婷已经二十出头了,正在南京读大学。蒋婷和我巧遇于某张酒桌,然后我和她成了男女朋友。因为单亲家庭,蒋婷像很多同类女孩那样并不留恋自己的家庭和户口所在城市。据她自己说,我对她不错,她希望留在南京,毕业后找一份工作,也可以与我结婚。我当然对此也不会有什么异议。要知道当年我正在婚龄的黄金阶段,无论从世俗舆论、个人愿望还是情感浓度上看,我都没有不和蒋婷结婚的道理。因此,出于某种谈婚论嫁的秩序或规则,我和蒋婷去拜望过她的妈妈,也就是这位刘女士。当年年底,刘女士还曾应邀到南京我的家中和我们一起过了年,受到了我的亲友们的热烈欢迎。但是,过完年刘女士离开南京不久之后,我就和蒋婷分了手。从此再无任何联系。一晃十年过去了。

至于她现在为什么自称"刘女士",我也不懂。

刘女士说,她现在正在南京出差,待两天,希望能和我见一次,聊聊。我只好在说话声、呕吐声、排泄声,以及抽水箱那一声声巨吼的间歇中告诉她,我现在在北京,要到后天才能回去。这不算谎言,虽然我还没预定好高铁票,虽然我在北京并没有非得要挨到后天的非做不可的重要事情,但她既然说待两天,我选择后天回去,正好她也走了。我确实想不出和她有什么非见不可的理由。我甚至想不出她的模样了,是那个穿着正式、烫着头的中年女人?包括她的女儿,我也感到面目模糊了起来。真是遗憾，十年中，我很少会想起这对母女。

她显然没有想到这一点，在电话中，刘女士有点为难的样子。不过，她很快做出了一个决定，就是在南京多待一天：我马上就去酒店前台办一下，加一天。好吗？她这话让我有点过意不去。尤其是我还想到了她之前说如何打探到我的手机号码的事。我们不可能会互相保留十年前的手机号码。这十年正是手机及号码不断更新换代的时代，就算保留，很容易失效不说，在技术上也很困难。把一个号码用到十年以上的人并不多。不过，这里我倒可以卖个乖，我的号码就用了十年以上。这说明，她的手机中早已没有了我的号码，相信她的女儿也是。

她是这样找到我的手机号码的：我搬家了，而且她也不记得我的家在哪儿，所以没有直接上门。不过，十年前我在南京城北郊区一所中学教书，因为那所中学位于江心小岛上，便于记忆，所以她赶往了那里。最近两年江心小岛刚刚开发，到处都是工地，治安混乱，尘土飞扬。她锃亮的尖头小皮鞋一定踩着了当地的污水，她那身行头和打扮很容易被聚集在小卖部门口打牌下棋的老头意淫一番。飘扬在空中的塑料袋还可能一个俯冲盖住了她勤于修刮的略显蜡黄的脸，让她非常愤怒地用两根指尖将它掀起，甩开。她找到了我工作过的那所学校，但因为我早已离开（八年前），教职员工的花名册上不再有我的姓名，也没有曾经的同事还与我保持联系，最要命的是看门大爷已非当年那位（当年的说不定已经死了呢），后者并不愿意让这样一个操持着北方口音的中老年女人擅闯校门。另外，我不知道她是如何向我的前同事们介绍我和她的关系的。朋友？前女友的妈妈？亲戚？无论是哪一种，我都觉得足够幽默。神奇之处在于，正好我一个初中同学经过了校门。这位同学初中毕业就到社会上混了，结婚很早，他的孩子已经在这所学校就读了，幸运的是我已经离开了这所学校，否则我的初中同学很可能会成为我的学生家长之一。按理说，初中毕业后我也不可能和这位初中同学会有什么来往。巧合在于，不久前曾有过同学聚会，也是我参加过的唯一一次。我记得我的出现曾在同学聚会上造成了一个小小的涟漪，大家纷纷指责我"忘本"，居然那么多次聚会都没有出现过。但既然来了，就好。很快，这个涟漪就被波涛汹涌的敬酒和拼酒活动替代了。大概正是在觥筹交错之中，我们彼此礼节性地留下了对方的号码，然后像命中注定的那样落到了刘女士的手中。她不虚此行。她回到酒店，迅速换下被城北地段漫天灰尘污染的脏衣服，洗了个澡，还给自己贴了个面膜，这才在台灯橘黄色光线的照耀下拨通了我的电话。

所以，我从厕所返回酒桌之后，就和身边一位朋友说，明天我就回南京。怎么了？他很吃惊地问。我说，家里有事，然后重新投入酒席。我对当天的记忆到此为止。如果说还有什么的话，我记得和刘女士通完电话后我曾习惯性地拉了一下抽水箱的绳子，这可能与我当时蹲在坑上打电话有关。但我就是蹲着，并没有露出屁股。另外，我说"家里有事"这句话的准确性也让我十分怀疑和懊悔。我喝多了，第二天起来非常难受，但我还是咬着牙爬上了返回南京的高铁。

2

时间太久了,我已经不太记得和蒋婷在一起的日子了,但也没如我想象的那样全忘。我们在酒桌上相遇,结束后,我提议:要不要再喝点?她没有像女大学生习惯性地那样申述次日还有课什么的,和我走了。我们在一家烧烤摊喝。一人要了一瓶小二。聊什么了,完全不记得。但可以肯定的是,我们都很高兴,因为我们后来又一人要了一瓶小二。次日醒来,她就躺在我身边,我们连衣服都没有脱,也没有盖被子,而是并排躺在被子上,在我的家里。头发遮盖了她大半个脸,我用手拨开那些头发,吻了她一下,她醒了,没有吃惊,更无尖叫,而是对我无声地一笑,露出了她并不整齐也不雪白的牙。

她的父母在她八岁的时候就离婚了。她跟妈妈。但她妈妈长年在外,北京、石家庄、济南什么的,当过幼儿园阿姨、保险推销员、公司文职人员,等等。蒋婷被放在山东聊城乡下,在姥姥家。姥姥对她最大的希望就是外孙女长大了不要像她的女儿那样跟人结婚又离婚。姥姥不仅觉得这是一件丢人的事,关键是蒋婷太可怜了。她一说这些,就会眼眶发红,抹泪不止。姥姥给蒋婷做吃的,做各种好吃的。蒋婷总是强调它们的好吃程度。这是一种记忆使然,并不真实,这是蒋婷自己说的,她知道这一点。舅舅们不喜欢她,蒋婷也不喜欢舅舅们。在蒋婷十五岁的时候,姥姥死了。蒋婷的妈妈将她接到了济南。蒋婷也见过几次爸爸。爸爸在广东,一个干瘦男人。爸爸在那里又娶了老婆生了孩子。她在爸爸家生活过一个暑假,她不喜欢广东湿热的天气,她也不喜欢穿裙子。但她喜欢爸爸,爸爸不爱说话,甚至有什么事也不说话,只拿眼睛看看她。她的爸爸会打骂训斥他和后妻生的孩子。她知道他并不把她当自己的孩子那样对待,爸爸只是一个有血缘关系的陌生人而已。但她还是喜欢爸爸,听爸爸的话。考南京的大学就是爸爸的意愿。他年轻时候考过,但没考上。

蒋婷也不是不喜欢妈妈,只是始终没有找到跟妈妈怎么相处的办法。妈妈严厉起来让她惧怕,各种要求特别多,比如蒋婷对裙子的厌恶就和妈妈有关。后者总是爱买一些时髦而又廉价的裙子让她穿。穿出去倒也没什么,没听到有什么人笑话她。但她确实觉得那些裙子穿在自己身上很别扭很丑。高中的时候,蒋婷叛逆了两年,跟男同学谈恋爱,学会了抽烟喝酒,和老师和妈妈吵架。有一天妈妈动手打了她,她居然反击了。她第一次发现妈妈原来比自己矮小,也没自己力气大。她吓坏了,但她不可能向妈妈道歉,而是在自己房间哭了很长时间,她很伤心。

妈妈在那些年也谈过几次对象,有过另一段短暂的婚姻,嫁给了一个姓王的叔叔。这段婚姻让蒋婷和妈妈的关系蒙上了一层阴影,那就是王叔叔有个二十来岁的儿子,他试图强奸蒋婷。虽然此事以妈妈与王叔叔果断离婚而结束,但对蒋婷造成的伤害,已经无从弥合。这种伤害不在于强奸企图和强奸本身,蒋婷说，就算王叔叔的儿子强奸成功了也没什么。问题是，妈妈这种动荡不安的生活突然让女儿的感觉很糟。她进而想到，一切的不幸似乎都是妈妈带来的。同学们的讥笑，舅舅们的冷酷，在蒋婷看来，甚至姥姥的死也与妈妈脱不了干系。据说正是因为妈妈跟一个有妇之夫谈恋爱，对方妻子没有找到妈妈，但找到了姥姥。姥姥羞愤难当，以中风抗议自己不堪的晚年，不久就死了。

　　认识不超过半个月吧，蒋婷就从学校宿舍直接搬到了我家。她的东西比我想象得要多，我不得不将两门橱换成四门橱。她还让我知道洗发水沐浴露牙膏什么的，除了超市货架上那些，还有别的。她将我的家布置一新，桌子开始习惯了台布，窗台也享受了绿植。更关键的是，当我步履沉重地下班回来，老远就能看到自家的炊烟（假设烟囱以虚线方式存在于我们的单元房外）。她已有的生活经历当然决定了她不会做饭，但这对她来说并不困难，网络和烹调图书很快就使她成为一名巧妇。并非贫困的经验（虽然蒋婷家庭破碎，但她自幼并不缺钱），而是考虑到我的收入有限，蒋婷在购物方面也做到了货比三家、价廉物美。随着学校里的课越来越少，她也懒得出门，偶尔跟同学聚会还会将我拉上。收拾屋子洗衣做饭，一切停当，蒋婷会坐在阳台一角玩电脑或看书。

　　我的亲友显然被蒋婷感动了。他们一方面觉得这是我的福气替我高兴，另一方面他们甚至妒忌这一点。这小子凭什么这么好的运气？在他们的眼中，之前那些年我恋爱、相亲，没有一次成功的劣迹已经宣告我是朋友圈和这个家中的一个老大难问题。蒋婷的飘然而至，彻底粉碎了他们的自以为是。这甚至让他们在谈房价和股票的间歇还谈到了一些事关缘分和命运的话题。唯一让他们感到忧虑的是，蒋婷还是个学生，年龄比我小将近十岁。毕业工作后的蒋婷是否会有变化，谁也拿不准。而我唯一和必须做的，就是降低这一变化的系数，而降低变化系数的最有效的行动就是结婚。婚姻虽然是滋生婚外情、绿帽子、红杏出墙等坏事的肥沃土壤，但道德和法律的保障势必将是烛照这些黑暗的道义明灯。现在迫切的问题是，我必须得到蒋婷妈妈的认可，同时尽快促成双方长辈的见面。

3

也就是说，我比跟刘女士电话中说的提前一天回到了南京。这点她并不知道。但李芫知道，李芫是我的老婆。她在电话里问我，你打算怎么办？我说这不存在怎么办的问题吧，刘女士跑来找我，想见一见，就见一见呗。她说，你之前不是说你要在北京多待几天的吗？我说是，但现在我改主意了行吗？她说，哦，我懂的。

这是在高铁上我们彼此发的短信。刚下高铁，她如我所料地打来了电话。我理解为这是一种妻子的本能。本能包括她首先希望我在她的"视线"之内，其次，我们是一家人，理应勤俭持家,为了节省漫游费,在我一脚踏入南京本地后才打电话,可谓恰到好处。

李芫:怎么讲?

我:什么怎么讲?

李芫:你现在去见她?

我:我疯了吗,我先回家。

李芫:那晚上呢?

我:晚上我也在家啊。

李芫:不跟她见?

我:明天吧。

李芫:哦,好,我知道了。

这样的交谈过于吃力,让人感到不舒服。我想挂掉电话,但我还是控制住自己的情绪,补了一句:你什么时候下班到家?

她反问:你说呢?挂掉了电话。

李芫的反问当然也是一种情绪。我既可以理解为她是在指责我明知故问(她下班了当然要回家),也宣示着某种不确定因素,也就是她可能一气之下不回了。她是一个喜欢回娘家的老婆,这在以前时有发生。当然,这也和我们的孩子壮壮长期在外婆家有关。李芫的工作较忙,而我因为在家工作,不要说带壮壮,家里有人走动都会扰乱我的思路。恰巧李芫的妈妈刚刚退休,无所事事,而且喜欢自己的外孙,心甘情愿地带。不过,她要求外孙不叫她外婆,而是叫奶奶。壮壮也便有了两个奶奶,两个奶奶便有了竞争关系。如果壮壮被另一个奶奶(我的母亲)

接走了,这个奶奶就会心神不宁,担心壮壮与另一个奶奶的关系超过她的。关于这一点,也正是我母亲对我失望的地方。她何尝不想多和自己的亲孙子多相处相处,而李芫显然是站在自己母亲一边的。婆媳之间与生俱来的不和因此加剧了。我作为夹在这对婆媳之间的儿子或丈夫,完全无能为力。我的位置一旦倾斜于某方,就会遭受反方向的眼泪、咒骂和负气而走。不过,现在这事还不至于让李芫到那一步。另外,以我对她的了解,她晚上肯定会回来,认真与我翻来覆去地谈论此事,并还会面授种种机宜。

回到家,如我所料的那样,地板上已经蒙了一层灰尘,冰箱里空空如也。唯一让我感到意外的是,因为有段时间没人居住,进屋之后我居然能闻到家具和墙壁向我散发的气味。但这不重要。放下行李后,我就忙活开了。因为不用上班,结婚以来,家务都归我。我出门,李芫就回娘家。这并非是我对李芫的抱怨,我毫无怨言。她的履历没有让她有过操持家务的必要,她繁忙的工作也限制了她一度有志于此的尝试努力。这既算是我们之间的约定俗成,也算是合情合理的家庭分工。

我记得蒋婷从我家搬走后,我一度还很不适应。阳台上的绿植因无人照料,渐渐枯萎,最后只剩下了一盆仙人球,但搬家的时候(已和李芫恋爱),我蓄意地放弃了它。还有墙上的几块污渍,那是蒋婷在和我发生争执时顺手操起茶杯砸的,如果我没记错的话,她当时喝的是速溶咖啡。此外,蒋婷刚刚搬走那段时间,我经常迟迟不能入睡,我总是会不自觉地听楼道里的脚步声。蒋婷的脚步声我能听出来。然后是她开门进来,在换鞋垫上,她会站一会儿,叹一口气,这才换上拖鞋进卧室。如果发现我睡了,她会蹲在床边看我一会儿,在我的唇上吻一下,然后我就醒了,回吻她。但我真的再也没有听到过她的脚步声。这不仅早已过去,而且我早已搬了家。在收拾屋子、做饭的整个过程中,我并没有过多地想到刘女士和蒋婷。她们和我婚前的那个房子有点关系,但在这个房子里没有她们的任何痕迹。

李芫并没有一到家就跟我开始谈论蒋婷和刘女士。在我们共同生活的这些年里,她对我的过往已经很了解了。她知道蒋婷是谁。如果她想知道刘女士为什么要来找我跟我聊一聊的话,我也无可奉告,这不还没见还没聊嘛。这或许说明李芫还是理智的,也有其应有的聪明。她问了问我这段时间在北京的情况,我以实相告。我则不得不表示关心一下我们的儿子,她说有奶奶(外婆)难道还用得着我操心。说的也是,我确实从来没有操心过自己的儿子。总之,气氛有点僵。上床做爱后,这种僵硬才缓和了下来。

李芫:明天,你跟她怎么见?

我:她说想来我家。

李芫:你答应了?

我:如果你不同意,我就叫她别来。

李芫:我干吗不同意,我还想看看她什么人呢。

我:另外,她还提到想看看我妈。

李芫：就是说你妈也来？

我：要不你把你妈也喊来？

李芫：去你的。

然后李芫想了想，说，那明天把壮壮接回来。

4

既然女儿反复说明不喜欢自己的妈妈，出于某种势利，和蒋婷前往济南看望刘女士那次，说成不当回事显得过了，也不符合我的性格，但确实准备得不够充分，见面礼只是百货商店买的几样南京特产，牛皮糖和桃酥之类的，价值上确实与在火车站等候多时的刘女士难以匹配。当时已是深秋，济南的深秋比南京要冷得多。穿着缀有花朵的高跟鞋、玫红色呢子大衣、头发刚刚烫过高高耸起的刘女士被车站附近的冷风吹得不断擤鼻涕。我们出站看到她时，她就正在用手帕擦鼻子。即便是十年前，使用手帕的人也已经不多了。所以无论是穿着和做派，刘女士给我的第一印象确实是一个过时的女人。她将脑袋向后偏去，用一种身高比我高一个头的眼神打量我（事实上她没有我高），也让我对自己的判断力感到自信。简言之，她很县城，很土。她唯一让我欣赏的是她沙哑的嗓音，不过事后证明，这只是当时她在风口被吹感冒了的缘故。她的嗓音比女儿娇气，比女儿哆。老实说，刘女士只比我大十来岁。我不免想起自己中学时暗恋过的与刘女士年龄相等的英语女教师。那是一个性感的女老师，尤其当你回答对她的问题时，她报以微笑和 Yes 的一连串神情和动作。毕业多年，我实在难以想象我的英语老师会成为刘女士这样。

我们在她的家里安顿了下来，两室一厅一厨一卫的单元房。虽然我能明确地感受到屋子刚刚整理打扫过，但仍然可见脏乱的实质。比如茶几上还残留着抹布草率抹过而留下的一个弧形灰尘形状，比如原本可能胡乱摆放在沙发上的脏衣服，此时无非在她卧室里的衣橱中摆放着，因为她只是将它们攒成了一个硕大的不规则布球，那些衣服始终想滚出来，所以，衣橱门费力地虚掩着，倒像里面藏有一个偷窥者或奸夫。她家中真正让人觉得清爽的是厨房，虽然里面堆了不少纸箱、杂物，虽然灶台上落满了灰尘，但绝无各种瓶瓶罐罐，乃至在煤气灶和抽油烟机上，连烟熏火燎的痕迹都没有，与一个装修多年无人入住的房间相似。我们坐下不久，就出去找馆子吃饭了。其后几天，饭食都是如此解决。

可能与风俗有关，在济南的三天里，我都是睡在小房间的单人床上，母女二人则睡在大房间的双人床上。这是有意思的。也就是说，刘女士平时一个人也睡双人床，那是"她的床"，她岂会拱手让出？第二，虽然她明知自己的女儿早已和我同居，但她不愿意目睹女儿和我睡在一起。另外，如此安排也算合情合理，双人床两个人睡单人床一个人睡，自古以来就是真理。难不成让蒋婷睡单人床我和刘女士睡双人床？只是每天睡前，蒋婷会在我的单人床上坐会儿，但开着门。刘女士不时会探头进来问女儿什么时候洗澡什么时候睡觉。如果刘女士在洗澡或干别的，我也对她的女儿做过爱抚和亲吻之类的动作，但因为时间有限，无法深入。这倒让我感觉不错。确实有一天下午，应该是第三天下午，刘女士出门要办点什么事，我和蒋婷做了一次。刚开始是在我的折叠单人床上，但场地不够，噪音太大，后来蒋婷才勉强同意移到刘女士的席梦思双人床上。我们的速度很快。它既是整个过程的耗时长度，也包括强度和获得高潮的短促。这让我们非常惊讶，也感到害羞。我们甚至没有看一眼对方，了事之后就迅速穿戴整齐，将双人床恢复原状，然后一本正经地双双坐在客厅沙发上看电视。此时，刘女士也适时返回。她的速度也快。

除了这些，就是我在这对母女的带领下游逛济南城，以便刘女士尽一尽地主之谊。刘女士热衷于比较。比如在大明湖，她会问南京有没有这样的湖。我报之以南京有玄武湖和莫愁湖，名气也不小。那么有像千佛山这样的地方吗？我说没有，不过南京有个栖霞寺，寺庙后面有几块绝壁，上面雕凿了不少大大小小的佛像。芙蓉街这样的老街区，南京当然也有，比如夫子庙嘛，都是卖低劣工艺品和假古董的地方呗。至于著名的趵突泉，南京确实没有，不过南京确实也有个旅游景点也叫珍珠泉。汤山也有温泉，虽然没有趵突泉这么有文化，但据说蒋介石和宋美龄夫妇当年还是经常去泡澡的。刘女士显然对我的说话方式不太满意。她不得不向自己的女儿求证：是这样吗？蒋婷毫无兴致,说她不知道。蒋婷到底知道不知道南京这些名胜古迹?我也不知道。我们没有一起去游玩过这些地方,其因在于我们都不喜欢去这种地方,我们愿意待在家里,侍弄绿植,洗衣做饭。

游逛了两天,虽然我什么也没说,蒋婷已经率先受不了了。也可能与此事无关,母女二人在第二个晚上发生了争吵。我在小房间里听到了隔壁沉闷而剧烈的说话声,但能听出她们是在控制自己,蓄意避免引起我的注意。我曾试图打听她们争吵的内容,蒋婷说与我无关,我便永远不得而知了。第三天,我们没有再游逛,就是待在屋子里看电视、聊天,也无非是她问我答。下午,刘女士速去速回了一趟,前文已述。没想到当晚,母女二人再次发生了更为激烈的争吵。正在我关在小房间里手足无措之际,刘女士不经邀请推门而入,满脸泪痕地一屁股坐在我的单人床上。接着,她的女儿蒋婷也准时站在了门口。女儿看着母亲,母亲则将脸埋在两个青筋暴露的手掌和那条手帕中。她们都不说话,问也无济于事。不说话让我不知从何解劝,所以我只好作壁上观。

小林,刘女士终于擦干了眼泪,抬起一张因为啼哭和擦拭而红光满面的浮肿的脸对我说,今晚,我睡这儿,你去大床跟她睡。

这……我不得不吞吞吐吐起来,这样不好吧,你们母女……

不碍你的事,你别管,蒋婷打断我的话,甚至还用一只手稳住我,好像担心我听凭其母的安排马上就爬到隔壁那张大床上去似的,她说,我们收拾东西,马上走。说着她又掉转身去了隔壁，听得出来，她在收拾东西。

刘女士这才站起来，然后在门口回过头跟我说话：小林，对不住了，让你不舒服了。她从小就不听话。唉。

当然没有走。不过，蒋婷没有再和她妈妈睡一张床，而是和我挤在小床上凑合了一夜。因为拥挤，睡不好，次日起来，我俩都一脸菜色。

5

本来我们预计还要一起去蒋婷的乡下老家，她不止一次地说过，她那个村子与河北省仅一河之隔。那是一种北方的河，与南方很不一样。两岸没有很多植物，都是农田，河中也没有船只和渔夫。它就是一条河，单纯地由河床和河水组成，默默无闻，不舍昼夜，此外似乎没有其他任何意义。在这条河上，有一座水泥大桥可以将她送到嫁到对岸河北的表姐家。舅舅们对她谈不上好，但表姐自幼带着她玩，一直对她不错。除了那些一望无际的玉米地，姥姥的坟头和表姐大概才能给她带来所谓老家的亲切感。不过，这些终归经不起推敲。它们过于戏剧，过于电影，并非生活的真相。真相是她连续两晚都和许久没见的妈妈彼此憎恨（起码是表象上），发生了争吵。蒋婷决定直接返回南京。

说好了刘女士不用再送，但她还是跟到了车站。不是站台，而是候车大厅，她不能进来，如果进来，她需要买一张站台票。她就这么隔着候车大厅的玻璃墙跟着我们安检、验票，我们始终在她的视线之中。如果我们回头看她，她则满脸堆笑，并指手画脚，夸张地翻动嘴唇，似乎同时在向我们说唇语和哑语。她仍然穿着三天前接站时的行头，只是高高烫起的发型有所垮塌。我们（其实主要是我）不停地用手背向她的方向挥舞，示意她赶紧回去。但从另一个角度看，与撵她也无异。我注意到蒋婷终于掉了两滴泪。

我现在能确定的是，我并不了解蒋婷，或者没有彼此入心。比如时至今日我其实也不知道这对母女的矛盾具体是什么。蒋婷不爱谈论这些。她是一个沉默寡言的姑娘。我们之间的男女关系得以维系，我想这和我自己也是一个沉默寡言的人有关。在这个世界上，迄今为止，蒋婷是我唯一整天不需要讲话也不会觉得压抑窒息的人，反而觉得踏实和安全。我们各干各的，互不干涉，但又彼此认同，如胶似漆。这么说可能有点夸张。这么说吧，我们是十年前这个世界上一对相当安静的情侣。最后我们分手，确实也与安静被打破有关。

一大早我就给刘女士打了电话。我代表自己的全家邀请她来吃晚饭。她欣然答应了，出乎我意料的是，她并没有问到"全家"是个什么概念。她倒是喋喋不休地向我汇报，这几天她把南京很多名胜古迹都逛了。十年前到我家过年时去过的，有些地方她还重游了一遭。没去过的，比如总统府、中山陵什么的，她都觉得很好。她说南京真不愧是六朝古都啊，"确实不比济南差到哪儿"（原话）。那么，既然现在还是上午，而我约的是晚饭，她则需要马上去一趟栖霞寺。就这么定？OK？她说。我也只好喔凯。也就是说，这通电话看起来并不像她要来找我，更不像是为了见我特意多待了一天，而是，她很忙，忙着游山逛水，忙着举起自拍神器在某个景点大门前搜寻自己一个最适合最美的表情。晚饭到我家来，也看上去并非她的情愿和主动，而是受邀而已。我只是给她百忙的生活增添了另一个忙。这一个忙对她来说谈不上重要，也谈不上拒绝。反正她透露出来的信息大致如此。

这倒也非我第一次领教。十年前，也就是我和蒋婷从济南回南京当年的年底，蒋婷不断接到刘女士的电话。蒋婷一如平常地刚开始并不愿意告诉我这些电话的内容，后来实在经不住其母的骚扰，才如实相告。鉴于蒋婷一般过年都不回家，刘女士敏锐地认识到女儿今年肯定会在我家过年，作为一名好些年没有和女儿一起过年的妈妈，刘女士想到我家来和我们一起过年。听闻此言，我没有立即表态。我一直不太擅长和别人相处，尤其在屋子里在家里与人相处。我和自己的母亲相处得也不算母慈子孝，大学毕业工作不久，我就搬出来自己过了。在蒋婷之前，当然也有过前女友曾在我家短暂地住过，大概正是因为同居，才让我难以忍受所谓的"二人世界"导致了不可避免的分手。而蒋婷，她之所以能跟我和平相处，前文已述。我毫无恶意地把自己的想法告诉了蒋婷。蒋婷表示理解，沉默良久。但刘女士的电话再次响了。蒋婷掐断不接。电话再次响起，然后任其歌唱。应该是一首流行歌曲吧，十年前蒋婷手机的铃声。这首掐头去尾的流行歌曲在我们之间反复唱响，始终不曾将全曲唱完，让我们非常难受。最后，我不得不像一个男人那样站起来，告诉蒋婷：接吧，告诉你妈，来吧。

然后就是和十年后一样的风格。刘女士迟迟不告知启程日期，还在春运期间声称不急着买票（当时网络订票还不太容易）。蒋婷的意思，让她没来成也不错。但出于礼节（尤其是我家人获知这一情况后），我不得不亲自致电邀请再三。三请四邀后，刘女士姗姗来迟，在除夕下午来到了南京。当然，我和蒋婷前往车站迎接，我的母亲和姐姐姐夫则在家里大烹大炒，准备着热情款待远客。在我母亲看来，善待准亲家母才是给我娶媳妇的标准和首要程序，她老人家看上去为此已经整整准备了一生。

如何和我母亲说这件事确实还挺费了我一顿脑筋。在她那里，刘女士母女早已是隔日黄花，毫无记挂于心的必要。她现在耿耿于怀的是真正的亲家母（李芫的妈妈）夺走或削弱了本属于她的"奶奶权"，在此问题上和亲家母的明争暗斗才是生活中的核心事件，或许也是乐趣。让她深恶痛绝的是她的儿子还不能帮助她在斗争中占据上风。她形单影只，孤身作战，其悲壮在舞蹈结束后的广场上怎么说也说不完。这么一想，我认为曾经的准亲家母突然到来，或许她也未必不见。这样的听众要比广场上那些老大妈有效多了。这起码能让她在幻想中进行一番对比：如果远在济南的刘女士是她孙子的外婆该多好啊。

亲　　人

我显然低估了我妈的觉悟。她好不容易弄明白这件事后，突然在电话那头紧张了起来，首先质问我到底想干什么，你是真傻还是假傻？你已经结婚了，也有了小孩，她说，日子过得挺正常的，这么个女人跑来想干什么？你根本就不应该见这个女人，更不应该搞到自己家里去。李芫呢？她知道？她知道归知道，但你不能这么做。你知道吗，你又给你老婆给你丈母娘抓了个把柄你知道吗？这对你是不利的。儿子哎，你真是疯了。

6

我的母亲对我的不满，还包括父亲死得早，所谓既当妈又当爹。也就是说她对我（包括我姐姐）付出的要比一般的母亲多。姐姐终归是别人家的人，这一逻辑也存在于母亲从来不认为自己是陈家人（娘家姓陈），而是林家人。不过，我的姐姐嫁出去后之所以能够获得她的好评，却又背离了这一逻辑，那就是姐姐勤于回娘家，给母亲和我带来了很多照顾和帮助。如果姐姐自绝于娘家，恐怕母亲的广场演说会更丰富磅礴。

母亲的愤恨集中在我的婚前和婚后。婚前，我始终没有结婚，这让她很焦灼。比如蒋婷这件事，一度让她血压升高卧床不起。她完全无法理解，一个姑娘已经到一个男人家住了，双方的家长也见了，怎么这事就黄了？这件事让她必须在床卧病一段时间,猛然置身广场,叫她如何和自己的老伙伴们解释呢?然后就是婚后,她不能和李芫和平相处,尤其是祖母权被亲家母悍然分割和夺取,特别让她失望。她号称"懒得"和李芫母女理论,但和亲生儿子我,她有必要声讨我的不孝,一把鼻涕一把泪地陈述自己的委屈,一如当年一把屎一把尿地把我抚养长大。

从另一角度来看,我的母亲毫无必要如此。诚如她的老伙伴安慰她的那样,乐得清闲。儿子不跟她住在一起,她独居三室一厅的大房子,每个月从国家那领取不算丢人的退休金。据说她在当知青的时候曾经是生产大队文艺骨干,除了唱歌跳舞,还会弹琴吹笛。早年,她还希望我姐姐能够延续她的兴趣爱好,斥巨资买了一架钢琴。可惜姐姐并非这块料,我显然也不是。换言之,如果她需要时间的话,那么她有大把的时间干自己喜欢干的事,她可以开启蒙在钢琴上的布罩子,擦掉上面的灰尘,用满是皱纹的手在黑白琴键上敲出她喜欢的音符,我相信,这时候她的脑子里会像放电影一样再现她少女时代的七十年代的列车、农田、灌溉渠、大队书记、树杈上的灰蓝色的高音喇叭、乡村夜晚的狗叫声……但她没有动过那台钢琴。当然,据说广场歌舞也有上述功效,而且是以集体的方式,她们过惯了集体生活。她们不擅长独自面对自己。她们对劳动的理解仍然与农业生产有关,就是要动,要出汗,要累得够呛,在抱怨中获得成就感。具体到她现在的年纪和身份,带孙子是实现这一成就感最合法最合乎天性的方式。可惜李芫的妈妈,我的岳母和她履历相似,所见略同。她们的矛盾实质,或许就是只有一个孙子／外孙。

在这一点上,如果刘女士是壮壮的外婆的话,确实可能不会与我的母亲形成上述对立。她还年轻,现在也不过五十来岁。十年前,她仍然还是一个待嫁的离异妇女。我母亲第一次与刘女士见到的那天,也就是十年前的除夕之夜,前者大吃一惊。时年已六十岁的她完全无法想象一个四十几岁的女人可以和自己——饭桌的首席并驾齐驱,加之刘女士的求偶愿望还健在,花哨的北方县城穿衣风格也让她身边的老太太显得更加灰暗。刘女士只比我姐姐大几岁,和我的姐夫相当于同龄人。我的姐夫居然恬不知耻地"阿姨阿姨"地称呼她吃菜喝酒。而坐在蒋婷身边的我的外甥,当年正处于青春期变嗓时期,虽然他并不愿意和我们多说什么话,但就我的经验看来,二十出头的蒋婷也未尝不可以成为她性幻想的对象之一。

那是一顿非常诡异的年夜饭。吃完饭后,遵照某种传统,刘女士率先拿出钱包给了我外甥压岁钱,然后滑稽地不得不接受我外甥在我姐夫教导下的一句"谢谢奶奶"的谢词。我妈不甘示弱,当即也给了蒋婷一个大红包。本来平辈之间不应有压岁钱一说,我那好心的姐姐思前想后觉得没必要占刘女士的便宜,所以她又给蒋婷来了一个红包。这其间的拉扯、谦让和感激,让人眼花缭乱烦躁不已。大家还一起坐下看了会儿春晚,等待赵本山出场,既而像往年一样哈哈大笑后才各自散去。之后几天也没闲着,不是我姐姐姐夫邀请,就是我舅舅舅妈邀请,团团圆圆一大桌人，老的老小的小，节目相似，总之，我和蒋婷疲惫不堪。

我不是说此类场景在我和李芫婚前婚后不再发生，相反，她就是南京本地人，遍布亲友，场面更为壮观。我只是想说明，在当年，我和蒋婷还很不适应这些。它们吓到了我们，让我们面面相觑而又看不清对方。我们试图就这些聊一聊，但我们很快发现，我们怎么聊似乎都不在正题上，让我们开始怀疑自己的理解力以及在某种程度上开始怀疑对方。生活比我们预想的要喧嚣得多。若干年后，当我和李芫遇到相同的场景时，我却没有了这些感受。李芫和所有的亲友都能应付，她的应付不是虚情假意，而是真情实感。在这方面，她不仅得体，而且勤奋，她的存在使我也坦然了起来。然后让我最终认识到，这也没有什么不对。

与去济南不同，我和蒋婷睡大房间双人床，刘女士则睡小房间单人床。南京没有暖气，我们给刘女士添置了电暖器她仍然觉得冷。睡觉并不费劲，但起床颇费踌躇，她每天都在空调热风的吹拂下和电暖器的烘烤下起床，因此她的房间门打开时，一股热烘烘的女人体味会涌入寒冷的客厅，让我的镜片为之一湿。那些饭局消停后，我和刘女士在济南的所作所为相似，也带着她畅游起了南京。她喜欢这些，每到一处都要拍照留念。这些照片的特点是，她要求自己位居大门入口处，必须要把某个公园景点的门楣题字涵盖在内，这样一来，在那些巨大的牌楼和雕刻之间，她在照片中显得很娇小。也有近景和特写之类的,比如她单手扶住一根梅枝,在花团锦簇中露出她那张攒满了笑容略显宽阔(腮帮子大)的脸。就像她跟老天说好了那样,年后没几天,天气转暖,果然春回大地万物复苏的景象。她还在山水之间脱掉了呢子大衣,穿着一件紧身的高领毛衣上蹿下跳。我告诉蒋婷:你妈妈不仅年轻,长得也不丑。

7

我妈当然还是来了,而且来得很早。她连午饭都没有吃,就去菜场买了一大堆菜。进屋第一件事是站在换鞋垫上谨慎地扫视一眼,这才午后,李芫当然还没下班,然后她才大口喘气,喊饿死了饿死了,进了厨房。她没有先做那些菜,见我中午没有剩饭剩菜,她假装生气地找到半筒挂面给自己下了碗,并越来越生气地指责我(其实针对李芫)把厨房弄得这么脏,然后在面条煮熟之前利索地收拾一新。每次来儿子家,她除了当一回清洁工,也不忘自掏腰包买很多菜。虽然她声称是买给孙子吃的,但谁都知道,她其实是在讨好李芫。李芫父母健在,退休金更高,对我们的补贴也更多,这让她多少有点愧疚和不服气。这也算李芫轻婆家重娘家的原因之一。

吃完面。择菜洗菜的时候,我妈开始埋怨刘女士。

这个女人真是,大老远跑来干吗呀,又不算亲戚,都这么多年了。不会有什么事吧?

我不知道，我说，她在电话里什么都没讲。

就是嘛，要不我还不来呢。我不喜欢这个女人。我只是不放心。

你有什么不放心的？

不知道，我妈认真看了我一眼，你比我还老糊涂？你吃过这对母女的亏你忘了？

我没搭这句。如果说恋爱未成对方离开了你就是吃亏，那我确实吃了亏。但显然又不是这么个道理。

她现在人呢？见我不吱声，我妈问。

说是去栖霞寺玩了。

切，就知道。这个女人韶得很，我到现在还记得她穿那身花。

人家年轻吧。

年轻？我没记错的话，也是半老太婆了。

"半老太婆"这个词倒是让我想到一个问题，那就是十年不见的刘女士现在到底是什么样子。如果我在大街上，或者我现在也在栖霞寺，能在人群中认出她吗？我不禁努力地开始回忆她的长相，但什么也想不起来。我只记得她较为花哨的穿着和高高烫起的头发。

因为要准备晚饭，我妈表示她今天不能帮我打扫屋子。但她认为今天打扫屋子非常重要，因为家里要"来客"，虽然这个"客"在来之前即已遭受了她的批判。所以我得动起来，好好收拾收拾。我只得遵命。

平时都是李芫打扫收拾屋子，我已经习惯了，她也不需要我动手，我的参与被她誉为添乱。但在跟蒋婷生活的那一年里，都是我们两人一起打扫收拾。当然不是说李芫不爱整洁，而是蒋婷更为苛刻，开关插座上的灰尘、沙发缝隙内的碎屑，连刷牙时，牙膏她都不愿意我从中间挤而必须从尾部开始。另外，她还热衷于重新布置房间。比如床原来在卧室里是居中摆放的，但过了一段时间她认为应该靠墙或靠窗，房间里的其他家具也便因此而挪动到新的位置。所以和蒋婷收拾屋子相当于一项工程，起码是一项重体力活，确实不是她一个人能干得了的。每当我们干完，她总是十分满意地在房间内全新的空间结构里走来走去，然后问我，怎么样？我说，挺好的。然后等待下次重新归置。

刘女士来那次，我们的床就在窗下。蒋婷的目的是当她中午醒来的时候，伸手拉开窗帘，阳光就直接照在她的身上。刘女士对此却很不以为然。她对女儿的生活处境非常不满意。她甚至攻击女儿的穿着，老气横秋，并强行拉着蒋婷去买了一件花哨的羽绒服。蒋婷和我的生活确实色彩暗淡，她喜欢单色纯色。刘女士不仅用自己的形象给我们的屋子带来了花色，还给我和蒋婷的大床购置了遍布玫瑰花瓣的四件套。刘女士走后，我和蒋婷躺在这些玫瑰花瓣间心情无比沉重。因为她告诉我，她不打算留在南京了，她要回济南。

那我们呢？我问。

你说呢？

分手？

不然呢?

好吧。

玫瑰花瓣的四件套也被我扔了。我从来没有那么彻底地搞过卫生。我把所有能让我联想到蒋婷的物件都扔了,尤其是我们一起生活时购置的物品。床底下她遗留的长发,衣橱里她衣服带走后残留的气味,甚至我们没有用完的一包避孕套。我是不是还可以这么夸张:后来我连房子都卖了,换了现在的房子?这肯定是做作了。我还没有失控到那个地步。换房子是因为我认识了李芫,我们决定结婚,在李芫看来,我原先和蒋婷住过一年的房子无法装得下她,尤其无法装得下她已经开始膨胀的子宫。

李芫和壮壮进门时,显然愣了一下。她知道我妈会来,但显然没有想到自己的家突然变成了这样,我从她的眼中才发现:我收拾屋子的能力和水平太高了。一切都被我擦过了,散发着静悄悄的反光,连换鞋垫上的鞋子,也被我鞋尖冲门外码放得整整齐齐。我妈则在厨房热火朝天地忙活。

哟,真隆重。她冷笑了一下。

8

我们一度认为刘女士不会来了。因为天快黑的时候我给她怎么打电话她都不接。我提议,我们吃吧,但李芫不说话,我妈则看着儿媳，问孙子：壮壮，你饿不饿？饿了你先吃。就在我妈捧着饭碗追着壮壮喂食的时候，刘女士电话来了。她说她现在已经到了我们小区，不知道怎么走。我只好下楼去接。我控制穿鞋的速度，尽量慢腾腾地开门、下楼。

我确实也不急于立即面对刘女士，我承认自己有点慌乱。我不知道能不能认出她来，更不知道她到底来找我干吗。小区里都是晚归的人，有一个还冲我点了点头。我记得他有一条温顺的大狗，晚饭后在小区公园里经常出现，壮壮曾将小手放在它的牙齿之间安然抽回。我可能也回敬了点头，但还是跟一辆电动车彼此避让时差点撞上。

刘女士就站在小区门口那个桥上。我一眼就认出了她。她还那样，依旧是色彩鲜艳的大衣、围巾，区别是她戴了帽子，脚上那双高跟长靴显得贵重。除了挎包，她手上还拎着一塑料袋的东西。阿姨，我这么叫了声她，她连看都没看我一眼，就将那袋东西交给我拎着。

都是买给你妈妈的，太沉了，她抱怨道，估计手都被勒出了印子。说着她把手从手套里拿出来看了看，并没有。这些做完，她才笑盈盈地看着我。

小林，她说，你还那样哦。

嗯。我不知道怎么接她的话，走吧，都等半天了。

你妈妈在吗？

在。

她仍然没问我是否结婚之类的问题，而是就我们小区环境谈了起来。她夸赞我现在的居住环境比十年前好多了,还一把拽住我的胳膊,其因是被一条冲她皮靴跑过来的吉娃娃小狗吓得尖叫了起来。我注意到有的人多看了我两眼。

进门的时候,她明明先看到了李芫,但她还是越过李芫的肩膀先和我妈打招呼。大姐,你好啊。甚至连鞋也没脱,就冲过去跟我妈来了个拥抱。我妈尴尬地喏喏,一只手象征性地在她的背后碰了碰。这完了,她才微笑着向李芫致意。

小林,你的媳妇挺俊的。她说。

谢谢。李芫答。

然后她就发现了沙发上的壮壮。壮壮或是认生,或是被刘女士进门时这一连串动作吓到了,把自己藏在沙发扶手后面瞪大了眼睛看着她。

啊呀,多可爱的小家伙,说着她冲了过去,想一把抱住壮壮,不过被壮壮躲开了。他轻车熟路地跳下沙发,然后绕过茶几,迅速地躲到李芫的腿后。

没事的,壮壮,李芫说,去,叫,叫奶奶。

壮壮显然不会叫。

不用不用,刘女士蹲了下来,逗孩子,你叫壮壮啊,长得真壮啊。

然后她掉转头嗔怪我的样子,说,小林,你怎么不早说。又问壮壮,你几岁了?

五岁零四个月。李芫代答。

大姐,你真是好福气啊。她试图恭维我妈,我妈则去厨房端菜。这时候她才意识到自己穿着一双靴子,在我家擦拭一新的地板上依稀有几枚偶蹄类动物般的脚印。她连说抱歉抱歉,返回换鞋垫那儿换上拖鞋。她瞬间矮了一大截。

要不要喝点酒?这只是礼节性的征询,我记得刘女士不喝酒,而且她极其反对蒋婷和我喝酒。不过这次她居然大喊,太高兴了,要喝要喝。迫于无奈,我也只得给我妈和李芫分别倒了点红酒。我妈和李芫也从来不喝酒。四个人真的像很高兴似的交杯换盏了起来。壮壮因为吃过了,大概也丧失了对刘女士的好奇心,回到沙发看动画片去了。刘女士频频举杯,不仅跟我们所有人都"干"了一回,还多情地和沉迷于动画片的壮壮也"干"了一下。饭桌上,主要她一个人在喋喋不休,然后自嘲是不是喝多了。事实是,直到饭后收拾碗筷,刘女士那半杯红酒也没怎么动。

奇迹在于,刘女士既没有提她女儿蒋婷,也不爱谈自己,居然也能用她密集的语言填满整个饭桌。她大谈南京的名胜古迹,谈房价,谈房屋装修、济南的草包包子、聊城的酱菜,以及各种逸闻趣事。看上去,她绝非蓄意避而不谈,而是不重要。看上去,她此番来我家,就是跟我、母亲和我素未谋面的妻儿见上一次。她表现得像极了一位多年不见彼此深知无需赘言但凭谈兴的亲友,也像一个我们在马路边捡回家让她吃顿饭的莫名其妙的疯子。其间,我妈可能有点扛不住,试探着问蒋婷现在的情况,但大都被她充耳不闻地略过了,不过她也不能一概予以不理。她简略地聊到了自己,说自己现在在一个保健床垫公司工作，职责就是向广大饱受病痛和失眠之苦的人推荐一种高科技席梦思床垫。好在她没有强烈推荐我妈去买这个床垫，她只是陈述她现在干什么。至于有没有重新组织自己的家庭，她则前卫或豁达地表示，世界是多极的，价值观也是多元的，人们没必要过一样的生活。有的人迷恋于夫妻双双把家还，有的人更乐于孤身一人逍遥自在。即便如此，我们仍然不知道她是夫妻双双把家还，还是孤身一人，我们只能自作聪明地从她的口风中认为她是后者。但这是错的。

晚饭结束后，我们一下子陷入了尴尬之中，不知道接下来是一起看电视呢还是干什么。李芫在收拾碗筷的时候曾用眼神示意过"她什么时候走"，我则用"我也不知道"的眼神答复她。这是我们，包括很多夫妻都会使用的交谈方式。刘女士确实没有表现出吃完就走的潇洒，而是在壮壮身边坐下，打算再跟孩子切磋切磋人生。可惜壮壮已经在沙发上睡着了。

李芫想把壮壮抱上床。

能让我看看他吗？刘女士说，语气近乎哀求。

这完全出乎我们的意料，让我和李芫面面相觑。

刘女士接过李芫递来的小被子，帮壮壮盖好，并职业地掖了掖被角，在此过程中她一直深情地盯着壮壮的小脸。壮壮似乎被她看得有点害羞，将半张脸埋进了被子。她则微微探近身，继续盯着看。我妈从厨房里擦干手出来的时候，试图跟刘女士继续客套地说什么，后者赶紧用一根食指放在唇边，示意我妈小声点，不要吵醒孩子。我妈赶紧闭嘴，三个人环绕着刘女士和壮壮。

刘女士俯下身在壮壮的脸蛋上轻轻地亲了一口,这才站起来。我们看到她的眼圈有点红。但她笑着,一些皱纹在顶灯的照耀下出现了条状阴影。

那么,我走了?她像商量那样问我们。

还早呢,李芫说,可以再坐一会儿。

不了,走了。说着她就径直去取自己的皮包。

我妈赶紧跟上,热情挽留,就差说出你也可以住这儿的话。但刘女士只是微笑,不为所动。她穿好大衣,系上围巾。然后向李芫招手,从皮包里取出两张百元钞票,硬塞给李芫。她惭愧自己不知道我们已经有了孩子,不,壮壮,壮壮真是个好孩子,而她居然空着手见壮壮,这是不应该的。弥补这一过失的唯一办法就是李芫替孩子收下这两张钞票。她甚至动情地说道,壮壮还小,也许根本就没记住她这个人,更不会将来还能够想起。但她既然来了,和壮壮见了,就是一段缘分。这段缘分也不是能用钱来表示的,况且也不算什么钱,就是意思意思,见证这段小小的缘分。

老实说,这段话叫人动容,让我们不知说什么好。刘女士再次和我妈拥抱了一下,这次我注意到我妈双手都拍了拍她的背。然后由我送她下楼,下楼的时候,李芫给我使了个眼色。我懂她的意思。

9

有一件事，我妈和李芫都不知道，因为长期以来我无法描述这件事。

十年前的春节，鞭炮声消停后，我、蒋婷和刘女士，我们仍然像一家人那样住在一起。刘女士住的时间比她本来打算的要长。我们再也不用出门找地方吃饭，我们在自己家买菜做饭。我们一起看电视，我们还一起购物，一起去看过一场电影。有次我们打扫卫生收拾屋子时，刘女士还参与了进来。她力主我们把床重新居中放在卧室，我们顺从了。她也力主我们换上她送给我们的玫瑰花瓣四件套，我们也笑纳了。她还嘱咐我们以后酒要少喝一点，多出去运动运动。说着她还推开了窗，窗外确实春光明媚。有几片风筝在我们的视线内飘荡。

这是一面。另一面是，刘女士四十来岁，迟迟不走，她给我造成了一些难以启齿的困惑。比如她当时正在经期，沾满血的卫生巾就这么公然摆放在马桶一侧的纸篓里。她换下的内衣就这么悬挂在我和蒋婷居住的大房间的阳台上。我们在睡觉，她会就那么穿着秋衣秋裤突然推门进来说个什么事。逛商场或看电影，她甚至还在另一侧挽过我的胳膊。然后就是有一天，蒋婷出去买菜，她在洗澡，她围着浴巾叫我帮她将水温调一下。调好水温后，我看了她一眼，我承认我看她那一眼中掺杂了不伦的情欲，她很敏锐地感觉到了，这是我从她看我的眼神中领悟出的,她的眼睛和神情只是一面镜子。没有更多了,仅此而已,但仅此足够。

她应该把这件事告诉了蒋婷,用什么方式说的,我不知道,蒋婷甚至没有告诉我她为什么要走。迄今为止,我都认为蒋婷离开我与这件事有关。我更是无法启齿。

蒋婷说她要回济南,我送她。在此之前,她已经给自己打了很多纸箱包裹。这些纸箱包裹就堆放在客厅里。在离开之前,她仍然和我睡在一起,我们仍然做爱,仍然一起买菜做饭。这一度让我觉得她是在生气,而并非真的要走。她说她买了车票,我仍然不觉得这是真实的。然后就是她跑邮局寄这些纸箱和包裹。她拿不动,我必须帮忙。我们搬动这些纸箱包裹费了很大力气,汗流满面,相视而笑,我还是不觉得她走是真实的。然后她就走了。我把她送到车站。她仍然有很多行李,我不得不买一张站台票,把她送上火车。安置好了,我还嘱咐她方便面、火腿肠、水果、零食这些在火车上吃的东西放在哪儿。她都点头说好。然后火车要开了,我下车。我仰着头看着车窗玻璃后的她,她冲我笑,挥手。她走了,真走了。

她在南京的手机号码注销了,网络通信也毫无回音。我家的钥匙她放在了茶几上,有两个月我都没动那串钥匙。后来我不得不将钥匙收起来,钥匙在茶几厚厚的灰尘上划了两道黑色的印子。在深夜,我还在听楼道里的脚步声,我能听出她的脚步声,但没有她的。她消失了,整整十年。

蒋婷在这十年里结过一次婚,但很快就离了。刘女士说,因为那个男的会打她,有一只眼睛几乎被打瞎了。现在蒋婷跟一个男人同居,那个男人是一个坏人,无所事事,天天问蒋婷要钱,蒋婷都给。蒋婷的工资也一般,自己并不用什么钱,绝大多数给那男人花掉了。蒋婷没有生孩子,她想生一个,但每次都掉了。

我觉得我们家婷婷过得太苦了。刘女士有了点哭腔。

是,我说,是不容易。

但她自己觉得很好。

10

当然不会什么都不说就这么走了。刘女士和我在小区花园的长廊里坐了会儿。

我猜你已经结婚了,她说,但是我不能肯定,我觉得你应该没有结婚。

对不起,我结婚了。我说。

你误解了,我没有说你结婚不对,你当然要结婚,我也没有叫你和我们家婷婷重归于好的意思,那是不可能的。

是,确实没有任何可能了。

我只是挺难过的。

别难过了阿姨,你不挺潇洒自在吗?

怎么可能,谁能潇洒自在呢,我们又不是神仙。

那你为什么不重新嫁人呢?

然后她说她有个男朋友,说起这个男朋友,她高兴了不少。这个男人在她口中叫老陈,六十岁左右,是个中学退休教师,老婆死了,孩子也都各自成家立业了。老陈对她很好,嘘寒问暖,体贴照顾,这辈子也没有哪个男人对她这么好过。另外,老陈的孩子也很认可她,尊敬她。五十岁生日,就是老陈和他的孩子们给她过的。蒋婷也不反对,但是蒋婷没有参加她的生日,这些年也不太跟自己的母亲来往。她不知道自己该不该嫁给老陈。

为什么?

刘女士沉默了好一会儿。突然问我,你觉得我还适合结婚吗?

当然没问题。你不老,况且这跟年龄没关系。

那你妈妈呢?

我妈?如果她愿意跟个老头结婚,我没意见。

说得好听。

真的,我想不出我有什么反对的理由啊。

好吧,我信你。

这时候那个遛狗的家伙出现了,他看到我和一个陌生女人坐在一起,似乎无意撞破了奸情那样很不好意思地打算绕道而行。我不得不主动招呼他,然后摸了摸他的狗。虽然他不怀好意地盯着刘女士看,但我没有也无必要向他介绍她是我的什么人。

小林，你人很不错。刘女士等遛狗人和他的狗走了后，郑重地说。

我有点心虚，我说我自己不知道。

她说，真的，我挺喜欢你的。

我一下子紧张了起来。

你又误解了，刘女士甚至笑了起来，你别胡思乱想，我知道你想什么。

别别别，说着我站了起来。

她甚至笑出了声，说，别傻了小林，你不会觉得我在勾引你或者以前勾引过你吧？

我没那么想。

随便你怎么想吧，你是个适合过日子的好小伙，哦，现在也不算小伙了。

刘女士又严肃了起来，小林！

嗯？

你知道吗，我一直把你当我的女婿看，虽然这么多年没联系，我还是把你当我的女婿看。

为什么？

因为我不喜欢婷婷后来找的那些男人。

也不能这么看问题吧？

刘女士没有搭我的话，她径直说了下去，我和婷婷爸爸离婚很早，这你是知道的，娘家现在也没什么人可走的，我没什么亲人，有的时候我都不知道我们家婷婷算不算我亲人。我来找你真的就是探望一下你和你妈，哦，现在还有你媳妇和你的壮壮。

谢谢你这么想，我会告诉我家里人的。

唉，她叹了口气，但是我可能是自作多情。你现在知道了吗？

什么？

就是老是拿不下决心跟老陈结婚。

我真的不知道。

我要是想结婚，多少次婚都结了。我只是放不下我们家的婷婷，你懂吗？

你可以不用管她的。

我觉得好累。

说到这里，刘女士终于哭了。

我不知道怎么安慰她，或者她也不需要安慰，她需要哭一下。等她哭完了，才掏出纸巾擦了擦脸。她已经不再使用手帕，这说明十年确实是一个不容小觑的时间长度。

好吧，她站了起来，就这样吧，不早了，我得回宾馆了。

我也站起，陪着她向小区大门走去。外面停着几辆出租，她老远就冲它们招手叫唤。这一下子让我很焦躁。

我能问你个问题吗？我感到自己的脊背发硬。

啊，什么？

我说了一遍我的问题，声音确实很小。

什么，你再说一遍？

我清了清嗓子，一字一顿痛苦无比地说：你知道蒋婷为什么要跟我分手吗？

刘女士应该没想到我会提这个问题，或者在她看来这都不是问题，她的回答也表明了这一点。

她说：婷婷说她不爱你。

2016.12

曹寇，原名赵昌西，自由撰稿人，主要从事小说创作。主要作品有长篇小说《十七年表》（原名《萨达姆时期的生活》），小说集《喜欢死了》《越来越》《屋顶长的一棵树》《躺下去会舒服点》《鞭炮齐鸣》《挖下去就是美国》《金链汉子之歌》《风波》等，随笔集《生活片》《我的骷髅》。在《钟山》《花城》《收获》《天涯》《大家》《今天》等刊物发表大量作品。《塘村概略》获第五届江苏省紫金山文学奖中篇小说奖，《市民邱女士》获第八届金陵文学奖短篇小说奖，获《大家》新浪潮小说实力奖。

在阳台上

孙 频

老康为了表示对小鱼的欢迎,特地在凛冽的寒风中站立了半个小时。

半个小时之后,终于看到戴着帽子裹着围巾的小鱼像只大兔子一样蹦到了他面前。小鱼向他摆着两只手,戴了手套熊掌似的,她尖着嗓子抱怨道,这里真的是好难找啊,我绕来绕去绕了一个大圈就是找不到进来的路,是不是富人住的地方都是这个样子啊?老康因为自己也是平生第一次入住别墅区,自觉身价与以往略有不同,理应更端重一些才符合这别墅区的氛围,便宽容地一笑,也不多说什么,只是在前面带路。

小鱼本姓于,是老康退休前一个办公室的同事,一个三十岁的老姑娘。平时工作之余喜欢写几句晶莹剔透的诗，每首诗的署名是一个哀怨剔透的笔名"老少女小鱼"。让人立刻想到水中一条满脸皱纹却还如少女一般在极力嬉戏啜食粉色花瓣的鱼。老康能把小三十多岁的小鱼引为知音，除了两人都喜好写几句诗歌，还因为相亲这样一个重要的共同经历，两人都差不多相过一个加强连，实战经验之丰富足以编写一本指南手册。尤其是老康，从一头黑发一直相到满头飘雪。

老康在前面带路，小鱼在后面蹦蹦跳跳地跟着，从去年开始她就学会了这种走路的姿势，竟像新生婴儿刚学会走路一样，很是得意，无论走到哪里都想炫耀一下这重生的蹒跚感。此外她还学会了噘嘴这样可怕的小动作，而且一旦学会就不忍不用，于是开会的时候要噘个嘴，来上班的时候也噘下嘴。她的整张脸像一只揉好以后又拍扁的面团，两颊略带婴儿肥，五官小巧，小眼睛小鼻头，所以这一噘嘴，看起来整张脸上就只剩下了一张嘴巴。她还开始迷恋粉色，穿粉色的小短裙、粉色小皮靴，帽子上发卡上则无一例外都长着两只耳朵，好像她是一只新近刚刚加入了动物王国的兔子。反倒是在她二十多岁大学刚毕业的时候，因为知道自己年轻所以很放肆地整天穿得灰头土脸，表情迟钝，看起来像一只冬天里放久了的面包。这迟到而焦灼的少女心像一座内里的火山一样时时炙烤着她的五脏六腑，随时要喷发出来的样子，以至于她不得不勉强按捺下去才能使自己正常活动。

进了别墅，一股暖气和一股阴森气同时扑面而来，黑白双煞似的,险些让人站立不稳。小鱼一边脱羽绒服,一边跺着脚呻吟,好暖和啊,究竟是富人区,暖气烧得真足啊。屋里暖气虽然烧得很足,但因为窗外都是巨大的树木,遮住了光线,屋里摆的又都是冰凉而阴气森森的红木家具,加上屋子过于辽阔,说个话都能听见回声,所以猛地进来时简直有一种古墓里的肃穆之气。这是老康妹妹的房子,他妹妹一家去欧洲度假半年,房子空着无人打理,据说房子一空很容易颓败,便请老康暂住进来,浇浇花打扫一下卫生,做了一个临时的门卫。老康自打住进别墅还没有观众来参观,此时便尽心尽力要做个地主,又是沏茶又是摆水果又是拿糕点,决意要搞出一场两个人的派对来庆祝。至于到底要庆祝什么也说不清,若只是为了能暂住在这别墅里而庆祝,似乎又显得自己太可怜。但莫名地,就是有一种要庆祝一下什么的冲动,仿佛是要庆祝人生里那些莫测的暗流涌动一般的疯狂瞬间,就那么亮一下,却可以像一只高瓦数灯泡一样连着照亮好多天。

　　小鱼则把别墅里的每个房间挨个都参观了一遍,一边参观一边惊呼。哇,好大的浴池。哇,这扇落地窗里能看到落日,简直像油画一样。哇,这间书房里居然有彩色玻璃,简直像教堂里一样。哇,康老师你一个人住在这么大的屋子里害怕不害怕啊,要我一个人都吓得不敢睡觉。老康一边听着她大呼小叫,一边泰然坐在红木椅上,一边微笑一边喝着新沏的普洱。他的旧居,小鱼自然也是去过的,只是外人每次去了几乎都没有立锥之地,所以他也不欢迎别人去做客。五六十平米的老式板楼,八十年代单位分的房子，当时资历不够，还分了个顶层。屋里好像几十年没有打扫过的样子，桌上的灰尘厚得足以把人埋掉，屋里的每一件家具都在向来人倾诉着主人是一个单身长达四十年的老光棍。

从狭窄的板楼里陡然来到这辽阔的别墅里，两个人身在其中忽然显得渺小异常。两个人都有点兴奋，还有一点很尖很细的恐惧。小鱼看起来甚至有点紧张，她便用尖声的喋喋不休的说话来掩饰着自己。老康今天主动把小鱼请来做客其实是带点补偿的意味，好像从前在他那板楼里聚会亏欠了她一样，而住别墅的机会对他来说也并不是一件家常的事情。因为不够家常所以看起来不是很逼真，倒更像是一个梦境，又因为做梦的人知道这只是个梦境，所以在梦中都会感受到那种沁凉而细若游丝的悲伤。这点悲伤把两个人落在地上的影子拖得分外长分外臃肿，就像那影子里竟住了好些个魂魄，有一种冷寂的热闹。

两个人的小型聚会总也不下十多次了，这一次却有一种从没有过的崭新感和陌生感，有点像多年前的老友忽然在一个雪天重逢，又像在路边的馄饨摊上刚刚认识的两个陌生人，带着点恍惚，带着点伤感。小鱼默默地啃一口饼干喝一口茶，她在老康面前从来带一点难兄难弟之间的怜惜，还带一点女儿在父亲面前才会有的娇痴。老康退休前他们的关系已经是如此，以至于办公室里有个同事忽然有一天开他们的玩笑，你看你们俩都是单身，不如在一起过算了。小鱼被吓了一跳，立刻有一种近于乱伦的罪恶感，然后她又用眼角的余光瞥见了老康那头雪白的头发,和一层落在肩上的头皮屑,还有悄然从鬓角爬出的老年斑。

  她一连几天没有理老康,好像老康真的已经带着他的一头白发和头皮屑向她求婚了一样,她简直躲闪不及,只好纵容自己一头撞上去。但过了几天老康忽然来找她帮忙,让她陪他一起去相亲,这是一种盟友的姿态,洗清了即将向她求婚的嫌疑,她答应了。来相亲的女人也带了一个闺蜜助阵,两个女人四十多岁,都打扮得珠光宝气,一人披挂着一条披肩,队服似的,但其中一个化了浓妆,这就有了小姐和丫鬟的区分。小鱼像个书童一样跟在老康身边,冷眼旁观着两个女人搔首弄姿,同时又想到再过十年自己是不是也会沦落到和一个老头子相亲的境地。这种感觉就像一个人提前看到了自己的阳寿一样,不禁背上都有一种阴惨惨的感觉。

  老康的相亲虽然再一次毫无悬念地失败了,但两个人的友谊又弹了回去。毕竟,在一个机关的办公室里,一个升迁无望的女杂役和一个即将退休的老科员是最可以引为同类的,因为平素他们都是最不被人们放在眼里的,也是最无害的。而只有同类项才有被合并的可能。

  小鱼盯着那扇巨大的落地窗看了很久,忽然像想起了什么,说,这是你妹妹的房子?你们是兄妹,为什么她能住这么大的房子?她的言外之意是你却为什么住那么小的破房子?老康连连摇头,用痛心疾首的表情说,是时代变得太快了,真的是连追带赶都跟不上,我们年轻时最好的职业过了不到十年却成了最底层的职业,那时候没有人愿意干的职业现在却成了最吃香的,人是赶不上时代的,也赶不上命运,要认命。她呆呆看着地上爬动的阳光,忽然又问了一句,那你说人能赶上的是什么?他说,自己的心,其实人只能活在自己的心里面,别的地方都是假的。

小鱼眯着眼睛看着窗外的远处,忽然惊呼,从这里就能看到湖,原来还是建在湖边的别墅。老康得意地说,可不是,我每天早晨都去湖边散步,风景确实是好。小鱼扭头对他说,康老师,你赶紧找个人结婚吧,趁着你现在住在别墅里。她的意思是即使是暂住在别墅里,身价也还是和从前不同了。老康看着远处沉默不语,他在告诉她,他终究是要从这别墅里搬走的,毕竟不是他的房产。

两个人喝了两壶茶,吃了一盘点心,酒足饭饱的餍足制造出了一种更大的虚空感,弥漫在空荡荡的屋子里,两个人连逃都无处可逃。老康忽然像下了什么决心一样,起身去另一间屋里翻找什么,然后捧出了一本陈旧的相册。小鱼有些紧张,看一个人的相册就是要快速浏览这个人从出生到现在六十年的压缩时间包,虽然貌似只有几张干枯的照片,但她明白这些照片只要一遇水或空气就会立刻膨胀成无边无际的浩瀚时间,人行走在其间简直会被另一个人铺天盖地的时间溺亡。

相册里有他五岁的照片,十岁的照片,十五岁的照片,二十二岁的照片,三十八岁的照片,五十岁的照片。她看着他在那些黑白的光阴里从一个男孩迅速地长成一个文弱青年,又长成一个发福的戴黑框眼镜的中年人，然后又急速向一头白发的老年飞奔而去。他最新的一张照片正站在春天的桃花丛中，桃花开得云蒸霞蔚，他站在其中背着两只手，腆着一个大肚子，满头白发却咧开嘴慈祥地笑着，照片里还能看到他嘴里少了一颗门牙，只留下一个黑洞。据他自己说那是一次喝完酒骑着自行车回家，结果摔了一跤摔掉了一颗门牙。他当时说得很轻松，就像丢了十块钱一样。她用五分钟时间便把他的一生大致浏览了一次，似乎这样的态度又太对不起人家的一生，心里很愧疚似的，便又指着照片里的几个人问他，这是你什么人啊？老康说，这六个人全是我的父母。小鱼愕然。老康指着六个人说，喏，这两个是我的生父生母，这两个是我的养父养母，这个是我的奶妈，这个是我的继父。这个奶妈其实是我感情最深的，我生父生母成分不好，养不活孩子，就把我送到乡下。当时太小了，养父养母就给我找了个奶妈，我从小是喝着她的奶水长大的，那时候经常被她抱在怀里或者背在背上，走在路上就像坐在一条船上一样。后来她五十岁就得病去世了，我当时还写了一首诗给她，我到现在还是一想就会流泪。她那样的怀抱我再也回不去了。其实平时一个人的时候我是不敢打开这本相册的，不只是怕看自己年轻时的样子，还怕看到这些已经阴阳相隔的亲人们，看到他们一次我就会更孤单一次，他们都已经在那边团聚了，只剩下我一个人还在这边待着。我不是不想他们，可我更愿意把他们藏在我心里碰都碰不到的地方，好好藏在那里，让他们安安静静地住在一起，让他们就在那里看着我生老病死，直到有一天我们都团聚了就好了。

小鱼鼻子发酸，呆呆地盯着照片里的六个老人看了许久，他们脸上是一个模子里出来的呆滞表情，似乎是一段共同的岁月催眠了他们，生也如此，死也如此。小鱼又往后翻，忽然她指着一张年轻女人的黑白照片问老康，好漂亮啊，她是谁啊？老康看了一眼照片，半是得意半是谦逊地说，漂亮吗？别人也都说她漂亮，年轻时候确实还算得上漂亮吧。然后又顿了顿才凄凉地环顾着他处说，这是我的前妻，我们结婚两年就离了，那时候我们都还不到三十岁，现在都已经六十多岁了，三十多年怎么忽然就过去了。

小鱼大惊，原来你还有过这么漂亮的老婆？那怎么就离婚了呢？老康说，年轻时候吵了一架，我一生气就离开家里躲到一个朋友家住了几天，没和她联系，那时候没有电话也没有手机，她也找不到我。后来等我回去了发现她也不在家里了，不知道去了哪里，结果我也找不到她。再等到后来我们终于见面了，可是心里已经有了隔阂，又都年轻气盛，谁也不愿低头先认错，就这样错过了，后来也挽回不了了，就离了。又过了好多年我才明白，当初那点事算什么啊，因为那点小事两个人就离婚了，就这么走散了。我是真的后悔了，可是已经没有用了。

那她后来又结婚了吗？

听说她离婚不久就又找了个男人结婚了，那个男人好像是哪个厂里的工人，很喜欢她，可关键是，我听说他是个独眼龙，他有一只眼珠子是假的，玻璃的，都不能转动。

那你们后来见过吗？

我知道她家住在哪里，也知道哪个阳台是她家的，可是后来我们却再也没有见过面。

那你后来为什么不再结婚？在后来的三十多年里都遇不到合适的女人吗？

老康一声长叹，倒不是没有合适的，也不是没有遇到对我好的，曾经有一个中学老师人特别好，对我也很好，我们差点就去领证了，可是真要去领证的时候我就做不到了……因为我忘不了她，我还是觉得我前妻最好，后来我遇到的所有女人在我眼里都不如我前妻。你知道吗，虽然她早都和别人结婚了，我却始终有一种感觉：就是其实我一直在等她回来。

……难怪你在三十年里一直相亲一直失败呢，其实你根本不是在相亲，你只是给自己找到了一种打发时间的方式，同时还能用这种方式欺骗自己，看，我这不是也一直在努力找那个合适的人吗。而你心里其实比谁都清楚，这一切都是徒劳，你是必然要孤独的，你其实很享受这样的孤独，因为这孤独时时让你感觉到一种受惩罚的感觉，你觉得你就是一个应该被惩罚的人。就像一个人终日上着刑具，一旦把刑具摘了反而会受不了这种轻松，只想着能再钻进刑具里。

老康的眼泪忽然就流下来了，他说，是的，三十年前我就明白我是要孤独终老的了，可是你知道吗，我其实并不害怕，我真的一点不害怕。我觉得用余生所有的时间去等一个人回来也挺好，她会不会回来都没有关系。那时候真的太年轻了，根本就不知道什么是最好的东西,你相信吗?那时我是真的不知道啊。你知道吗?这三十多年的时间里,我每天黄昏时分都要到桃园巷散步,一年三百六十五天,无论春夏秋冬,无论刮风下雨下雪,没有一天中断过。这黄昏时去桃园巷的散步已经成了我生活中最重要的一部分,如果我一天不去就觉得有什么重要的事情没做,我会连觉都睡不着。你知道是为什么吗?因为她家就住在桃园巷,我知道是哪幢楼哪个单元哪个窗户,她家那个临街的阳台在六层,阳台上摆满了各种花花草草,我在楼下都能看见那盆开得像血一样红的天竺葵,我知道一定是她种的,因为她就喜欢这些花花草草,最喜欢的花就是天竺葵,永远像个小姑娘一样。我记得有一次我们下班一起走路回家,她手里拿着一枝同事送给她的天竺葵,回家自己插在花盆里就能活。她大概是很开心,走着走着她忽然猴到我背上,让我背着她走,还有一次是把她的两只脚踩在我的两只脚上,让我驮着她走。这些记忆我每晚睡觉前都会温习一遍,温习这些记忆的时候就会觉得那个人还在你身边,你甚至连她的呼吸都能听到。有时候我甚至都能感觉到她的碎头发又落在了我脸上,毛茸茸的,痒痒的。

那你为什么不去找她?

我不会去找她的,她已经有了自己的家庭,听说她后来的丈夫对她也不错。我也不愿意让她知道我的任何情况,不愿意让她知道我一直没有再结婚,不愿意让她知道我还是一个人住在那栋破楼里,不愿意让她知道我刚刚五十岁的时候就已经白发苍苍。我唯一想做的事情就是每天能从她家的阳台下路过，远远看一眼她的影子，知道她还住在那里，还在做饭，还在种花，还在听音乐，知道她过得安稳踏实快乐。所以我每次走到她家阳台下面的时候，总是要在那站一会儿，仰头看看那个阳台，看上面的那盆天竺葵长得怎么样了，看看屋里是不是亮着灯光，看看她是不是正在阳台上浇花。那些花草有的开花了有的枯死了，有的越长越大，有的枝叶没有修剪，都从栏杆缝隙里钻了出来，死了的花又被换上了新的花，只是那盆天竺葵居然一直都活着，我每次站在楼下都能看到那团火一样的颜色。三十年就这样过去了，每次我走到她家楼下的时候，都能看到那扇窗户里亮着灯，有时候窗户里还能隐隐约约飘出说话声或者是音乐声，阳台上花草的影子映在窗户上，在这花草的影子里总是有一个女人的影子，在那里浇花或者摆弄花草。她和花草的影子一起像剪纸一样刻在了亮着灯光的窗户上。就是看不到她的脸，只看着这影子我也很知足了，就是五十年不见，只要她远远一个影子我就能认出来。我就那么悄悄地站在楼下看一会儿，然后又悄悄离开。

她知道你每天黄昏都会从那里走过吗？

我不知道。其实每天从那里走过时，我也不希望她知道，我只是想知道她还在那里，就好像，虽然我们已经离婚了，已经连面都见不到了，我却还是生怕她过得不好，每次走到那里我都会仔细听一下那阳台里有没有吵架的声音，有没有女人的哭声。没有，从来没有，我便觉得欣慰。我每天从那里经过一次已经变成了我的一种责任,一个三十年里最牢不可破的习惯。

也许她从来都不知道你从她家的阳台下经过过,她根本没有注意到楼下有一个行人在那里驻足过。她只是在过她自己的生活,和你已经没有了一点关系的生活。

那又有什么关系,那只是我一个人的事情,她知道不知道都和我没有关系,那真的只是我一个人的事情。

可是你在渐渐变老,你就不怕老了以后会越来越孤单吗?如果有一天你病了或者老得起不了床了,身边也没有一个人照顾你,你就真的不害怕吗?

心里连一个可以想念的人都没有了才是孤单吧。你说人这一辈子活着到底是为什么,你想过吗?我这三十年里一直都在想这个问题。

她当初和别人结婚的时候考虑过你的感受吗?

你知道吗,当我每次照镜子,盯着自己在镜子里的眼睛,想象着那其中的一只是玻璃球做的假眼珠子,玻璃的,连转动都不能转动,我想象自己每天都要与这样的一只玻璃眼珠对视的时候,我心里就难过得无以复加。如果当初我们不离婚,她就不需要受这样的苦。她嫁给这个男人也是为了惩罚自己吧,不是惩罚我,是为了惩罚她自己,我都知道的,我们只是用了不同的方式。

你怎么就知道她一直住在这里呢?

那盆天竺葵一直摆在阳台上,年年开花。我觉得只要天竺葵还开着,就是她在告诉我,她还在这里。有一次我还和她楼下的一个老太太聊了几句，问她六楼那家种了很多花草的人家过得怎么样。她说很少见那家的女人下楼，似乎也不上班，那家的男人有一只眼珠子是假的，好像几年前也下岗了，现在也很少见到。我就把当时身上带的所有的钱都留给老太太让她转交给六楼那家人，只是一定不要说谁给的。老太太答应了，至于她有没有把钱转交给他们我就不知道了，后来又见了那老太太我也只是对她笑了一下，并没有过去追问。因为，这都不重要了。一个人最重要的部分都是活在他心里的，是吗？

其实你现在很想让她知道你住在这样大的别墅里，其实你很想让她知道你现在过得很好，甚至，你很想把她接到这别墅里，哪怕就坐一会儿，哪怕喝一杯茶就走。这样你会觉得更对得起她一点，是吗？

……是的。可是我不会这么做的。

小鱼沉吟半晌忽然说，这样吧，今天你把散步的时间往后推迟一下，看看会怎样。我陪你一起去吧。

天色开始完全黑下来的时候，老康和小鱼出现在了桃园巷。桃园巷是一条不算很宽的老巷子，巷子两边的六层楼房都已经很老旧了，当年刚建楼时在楼房和楼房之间种了很多桃树，如今这些桃树都已经长成了葱葱郁郁的大树，每到春天的时候，桃花缤纷绚烂，一座座灰白色的楼房沉醉在桃花丛深处，叫都叫不醒的样子。秋天的时候桃树上结满了桃子，附近的男女老少都涌到这桃园巷里来摘桃子吃，过节一样热闹。老康说的那栋楼的对面就是几棵巨大的桃树。正是冬天的晚上，一轮寒月斜挂在桃树的枝杈上，巷子里鲜有人迹，只看到路上铺着一层冰凉的月光，踩上去还似乎能听到嘎吱嘎吱的玻璃般的脆响。

两个人像同时怀揣着一个秘密，都有些紧张，不约而同放轻脚步往那栋楼下走去，一边走一边抬头张望六楼的那个阳台。远远看过去，那个阳台上亮着灯，确实有一片花草的剪影被投射在窗户上，可是并没有人影。两个人慢慢走近，刚走到楼下，忽然见对面的大桃树下走出来一个人影，是一个女人的身影。小鱼看到老康浑身一颤，他盯着那树下的女人竟动弹不得，像被冰雪忽然冻住一样。小鱼想，这莫非就是老康说的前妻？看来她是在这里等老康来？她正胡乱想着，那树下走出来的女人也看到了他们，她显然也吃了一惊，忽然又站住了，好像犹豫了片刻，然后便朝着他们走了过来。她脚步无声无息地走到他们面前，只看了他们一眼，却什么都没有说，又从他们面前走过去了，走进了那栋黑魆魆的楼房，消失了。接下来，六层的那扇窗户里的灯忽然熄灭了。

老康还被冻在那里，一动没有动，小鱼忙问他，是不是就是她？她就是你前妻吧？你看她站在这里其实是在等你呢，这说明什么？这说明她早就知道你每天会从她家楼下经过，她会在每天那个固定的时间点看到你，可是今天你比平时来晚了，她看不到你就着急了，就下楼来这里等你，结果你们就遇上了。

只见老康终于缓过来一口气，他抬头看了看六层那扇已经暗下去的窗户，忽然低低地充满沮丧地说了一句，不是她。

不是她？

不是。

第二天黄昏时分,老康和小鱼又出现在了桃园巷。他们是约好的时间,两个人碰头之后便一起向那栋楼房走去。站在楼下老康还是有些犹豫,有些不敢进去,小鱼说,昨晚不是说好的吗?然后便不由分说地拖着老康上楼,一路狂奔到六楼,小鱼站在那扇门前,一边大口喘气一边迫不及待地敲了敲门。老康则脸色惨白,一只擦汗的手在不停发抖,几欲要退到小鱼身后去。敲过门之后,开始里面一片寂静,然后便听到了从里面开门的声音,门缓缓打开了一道缝,里面站着的正是昨晚他们在楼下见到的女人。

小鱼进了屋才发现这不大的一套房子里似乎只住着这女人一个人,看不到别的人影。屋里收拾得很干净,但有一种荒凉冷寂的萧索意味,似乎这里已经很久都没有人烟了。小鱼朝那阳台上看了一眼,阳台上摆满了花花草草,最显眼的就是那盆楼下都能看到的天竺葵,它被放在一只特制的高高的花架上,开满火焰色的花球,鹤立鸡群地站在一片花草里,以至于走在楼下的人只要一抬头就能看到。老康的嘴唇开了又合上,合上又张开,就是发不出任何声音。小鱼正着急的时候,女人却忽然对着老康开口了,你是来找张红的吧?其实张红在十二年前就已经去世了,不治之症。

什么?老康和小鱼同时愣在了那里。

女人转身去阳台,把那盆天竺葵小心翼翼地抱进了屋里,放在了他们面前。她说,张红早就知道你每天黄昏散步时都要经过这楼下,种了这盆天竺葵就是给你看的,就是想告诉你她过得很好,让你不要担心。其实你不知道当你每次从楼下经过抬头看阳台的时候,她就躲在楼房对面的那棵大桃树下正看着你,一直等你走过去了她才上楼。一年又一年都这样,你看着阳台上的天竺葵,她在桃树下悄悄看着你的背影。后来她得病了,她丈夫就请了个保姆来照顾她,我就是那个保姆。她病了两年,卧床不起的时候还催促我在每个黄昏的固定时间站到阳台上去浇浇花,她说我和她身高身形都比较像,站在那里远远看去就好像她站在那里一样,她说你每天这个时间都会从这里经过,要让你看到她还在这里。再后来化疗了一年还是不行,她也知道自己要死了,就叮嘱我留下来照顾她丈夫,还交待我一定记得在每个黄昏的那个固定时间站到阳台上去,那样你经过的时候就知道她还住在这里,还过得很好。她还交待,要把她的骨灰喂了这盆天竺葵,这样它就能替她活着了。自从那她的骨灰撒到花盆里,这花就长得很奇怪,一年四季不停地开花,连冬天都在开花,而且花朵的颜色红得吓人。我把它高高摆在阳台上就是为了能让你每天经过的时候都看到它。

老康蹲下去,凑近了那盆天竺葵,他闭着眼睛把自己那颗满是白发的头颅轻轻贴在了那些血红色的花朵上。

女人又说,昨晚我站在阳台上一直没见你出现在楼下,不知你是怎么了,就下楼去等你,结果就碰到你了,我也不知道该怎么对你说,毕竟三十年了。张红的丈夫,也就是我后来的丈夫,半年前也去世了,去世前他把这套房子留给了我,并叮嘱我可以再找个男人结婚，但不要离开这里，一定要在每个黄昏的那个固定时间里出现在阳台上，因为他也知道你每天都会从这里经过……我想想自己都结过两次婚了，一个丈夫离婚了，一个丈夫死了，现在年龄也大了，结婚不结婚已经没意思了，我就想着还是回到老家去。只是我知道你每天都要来，不知道该怎么和你说这事，现在既然你自己找来了，我就还是告诉你吧。如果你愿意，就把这盆天竺葵带走吧，如果不愿意，留在这里也行，我会把它带回老家的。

老康抱着那盆天竺葵离开了桃园巷，小鱼跟在后面。他们离开的时候夜空里飘起了雪花，不一会儿他们浑身都已经落满了雪花。老康把那盆天竺葵包在了自己的大衣里，他走得很慢，像抱着一个刚出生的婴儿。

从此以后老康再没有去桃园巷散过步，即使黄昏时分再出门散步的时候，他也会选一条别的路，只是，一定会远远避开那条巷子。

倒是小鱼在来年春天的时候去了一趟桃园巷。那时候正是桃花盛开的时节，整条桃园巷都被十里桃花淹没了，微风过处，桃花像雪一样纷纷扬扬地落满整条巷子。小鱼久久站在那两棵大桃树下看着经过的行人，就像当年张红站在这里偷偷看着老康每天经过的背影。她又抬起头，眯着眼睛寻找那个六层的阳台。在春天的光线里看上去，阳台依旧，只是已经变得空空荡荡，萧索异常，昔日的花草不知道都去了哪里，颓败的窗户紧闭着，里面没有一丝灯光透出来，好像多年都没有人住过的样子。

就在前几日,小鱼偶尔听办公室一个同事说起,老康一辈子根本没有结过婚,哪来的什么前妻。

现在小鱼站在渐渐暗下来的夜色里抬头看着这个神秘的阳台,心想,只是,都不重要了。

是的,都不再重要了。

孙频,女,1983年生,毕业于兰州大学中文系、中国人民大学创意写作专业,现为江苏作协专业作家。2008年开始小说创作,已发表小说三百余万字,出版有小说集《松林夜宴图》《鲛在水中央》《疼》《盐》等。

蒙地卡罗食人记

郑 执

星期四早晨,我为一场临时起意的私奔做好了一切准备,只待我爸出门后便启程。

雪是从后半夜开始大的。我听见他天没亮就醒了,起先在客厅里鼓秋着什么,随后进了阳台,强行拉开被霜密住的铝合金窗,取了根冻葱剥皮,又打了仨鸡蛋。大把葱花炝锅是他做饭的习惯,蛋香顷刻被激出,流窜至我枕边。正常来讲,我六点半就该出门去上学,已经七点半了还躺在床上,甚至一反常态地大敞屋门,就是想诱他盘问,便可谎称感冒,再托他给毕老师打个电话请假,万无一失。料不到他做完了饭,竟直接出门,一字没过问。虽说父子矛盾已久,但还不至于到视而不见的程度。我虚构着其他的可能，比如自从下岗，他便丧失了对时间的概念，如同一块骤停的机械表，没人再给上弦，七点半就不是七点半了，误以为我还不该起床，或者他有什么急事要办，但这种可能性很小，总之并非真的不关心我。我这么安慰着自己，终于翻身下床，左腿压太久有点麻。

房是小两居，机床三厂的家属回迁楼，五十二平。我六岁那年，我姥被我大舅撵出家门（我姥拒绝上缴她的退休金补贴大舅），我妈身为家里老大（一弟一妹），不顾我爸反对，硬接我姥搬来同住，小房子一度再小。小学到高中我都是跟我姥同挤一张床，直到两年前她去世。又过半年，我妈突然在立秋当天消失，除了存折别的一样没带走。人口骤减一半，小房转眼又敞亮起来，我跟我爸各守一间屋。从此我自己在屋都会将门紧闭，我爸对此很有意见，也是我俩斗争开始的前言。我来到客厅，一大盘蛋炒饭摆在餐桌上，足够两个人吃，看样子我爸自己没动。而我毫无胃口，主要是胃紧张到抽筋。五斗橱最下层的抽屉探出一半，那是我爸存放各种工具的专用层。我蹲下，全拉开，一眼便发现他最心爱的那把羊角锤不见了，第一反应是他可能又去北市场找零活儿了。我同桌田斯文说，她在北市场见过一次我爸，但又叫不准，因为他戴了顶土匪帽，扯下来遮住大半张脸，只露双眼睛。我爸眼睛很大，眉心有颗夺目的黑痣，其实不难认。不管怎样，有谁家会在这种天气出来找零工呢？他应该不是去北市场，否则不会只带一把锤子，该是整个工具箱。收好抽屉起身，墙上的世界地图猛地凑近我面前,我用目光捋着经纬线搜寻一阵,还是没找到蒙地卡罗在哪。身为一个复读第二年的文科生,地理敢说是最拿手的科目,却连蒙地卡罗到底是国家还是城市都搞不清楚,多少受打击。说起来,我一个将满二十岁的人,还从未真正出过一趟远门。地图上那些被比例尺浓缩为一个个黑点的大小城镇,于我而言都意味着无边的险境,更不用说那些数不尽的壮阔的河流,巍峨的山峦,以及丛林、湖泊、沙漠、海洋,统统如史前巨兽跃出纸面,争相撕咬向我——在崔杨昨晚来电话前,我从未意识到此事的严重性。但现在有了崔杨,我想我可以不用再怕。我带你走吧。崔杨在电话里如是说。她来电话那会儿,雪还没开始下。去哪里呢?我问。崔杨说,明天路上再议,今晚收拾好行李,尽量轻便,明早八点半,就在你家对面的蒙地卡罗碰头,我打车去接你。随后我爸掏钥匙的动静响起,我说了句不见不散便匆匆挂断。雪也开始下了。

蒙地卡罗是一家西餐厅,开张三年多,我一次都没进去过。如今它与我隔开一条茫白的雪河。零星有车辆缓缓从雪中驶过,轮子被淹没,像船在漂。我没穿棉鞋,脚踏最珍爱的一双李宁跑鞋,单纯想以最体面的形象见崔杨。身上披得也单薄,估计不出意外,再议的终点应该在南方,臃肿的羽绒服自然是多余的——美中不足,还是慌张到忘剪指甲,而崔杨对人的指甲尤其在意——尽管跟崔杨曾多次讨论过私奔一事,但我必须承认,当她在电话里说出口的一瞬间,我还是有些震惊,而我没有丝毫犹豫便答应,有一个重要原因,那就是在以往的经验中,无论何事，到最后我总会听她的。崔杨大我六岁，不知道这是否注定了我永远赶不上她成熟，反正我也不愿承认自己本身就是个懦弱、缺乏主见的人，不然早该在我爸逼我第二次复读时直接反抗，而不是将积怨化作出走的动力。为防湿鞋，我循着前人蹚出的深辙落脚，沉重的背包在身后颠颠晃晃，就在我正准备横穿过街时，一阵风卷雪扑面，猛然间令我察觉，这条街上似乎发生了什么不得了的变化——身后的九中门前，初中生们身着整齐划一的橙黄色校服，坎坷而有序地自八方涌入校门，似群蜂归巢，整幅街景呈现往日罕见的平静，我这才意识到，是花大姐不见了。花大姐是个疯女人，袒胸露乳不分寒暑，以七彩斑斓的纱巾绕颈遮面，早晚雷打不动地在九中门口拦截男同学，嘴里唤着自己早夭爱子的乳名。但凡被她逮到，就要挨亲，腥臭的涎水在男孩们的脸蛋上拉丝。受害者之间疯传，遭花大姐一吻，三天之内烂脸。但事实相反，唾液淀粉酶反而缓解过几个少年的青春痘，颇为讽刺。关于花大姐，这条街上还有另一个传言：若是哪天不见其踪影，必有灾祸降临。据我姥姥忆述，多年间花大姐仅失踪过三回：一回地震（本市罕有地震）；一回暴雨淹了整条街；再一回，雪下得比现前还大，一栋平房被压塌，砸死一家四口。奇就奇在，三回事发的第二天，花大姐都再次如常现身，仿佛成心躲灾避祸。联想至此，我不免心生忌讳，却也顾不得更多了。

推开玻璃门，挂有圣诞老人的摇铃不停在身后晃响。我用力跺净鞋面跟裤脚上的新雪，抬眼环顾，真有几个客人。门口的立牌上写着：自助早餐，每位十五元。我记得，刚开张那年还是十元。只见有人从一排不锈钢保温炉中取了食又坐回，盘中是包子、花卷、馒头片、茶叶蛋、小凉菜，拿碗盛粥或者馄饨。我不懂，为何一家西餐厅卖中式早餐。肚子终于开始叫了，但我仍不想吃，说实话，十五元也不便宜，我身上一共只带了四百多，从我爸存现金的糖盒里偷的。我找到一个靠窗边的空桌坐下，正对十字路口，近前有一根电线杆，灰沉的天空被它一劈两半。胸前的方桌盖着蓝白格布，桌心压着小白瓷樽，一朵玫瑰插在其中，耷拉着头。店内，一个母亲将剥好的茶叶蛋一掰两半，半颗塞进小学生儿子嘴里，自己叼半颗，拉起儿子出门，大风把母子俩顶回半步，母亲疑似被蛋噎住，缓了几秒，完成吞咽，再度推门才成功。两名身穿九中校服的男生，偷偷往不锈钢饭盒里倒了半盘炸馒头片，塞进书包，也迅速起身走了。我看了一眼手腕上的卡西欧电子表，八点整。最后剩三个男人，分把三桌，其中一个留八字胡，一边吹着热粥，一边翻《华商晨报》。这人我认得，是个锁匠，他的铁亭离这不远，但一个锁匠为何能消费得起十五元一位的早餐，且如此从容？我狭隘地想，他或许是方圆五里内唯一的锁匠，千家万户的门被他垄断。一个穿西装马甲的年轻女孩来到我跟前，凑近看，马甲满是油渍，她打着哈欠朝我伸手。我想过跟她直说，我只是坐在这里等人，最多再有半小时，我就要跟心爱的女孩一起私奔，这里再不会有人见到我们，不如就当我从没来过？可恨我这人从小怕事，只能乖乖掏出十五块钱，交到她手上。油马甲一个长哈欠打完,说,盘子自己拿。同时,门口的圣诞老人再度作响,一个头戴前进帽的高大男人推门而入,黑色皮衣,单手拎一个尺余长的棕木盒子。此人进门后,先是站定,拔了一下腰身,更高了,紧接朝我这边看了一眼,但明显不是看我,像在找人——正是这一眼,被我给认出来——魏军,我老姨夫。准确说是前老姨夫。我试图闪避他的目光,而他已将头转向另一边,直接走到锁匠面前,坐下,背对我的方向。木盒被端上桌,看情形两人不像偶遇,锁匠应该也在等他。

我承认,魏军一度是全家我最喜欢的大人。他为人风趣,懂情调,尤其会讲故事。每逢家族聚餐,他都是桌上活跃气氛的那个。但他酒量奇差,总被我爸喝进桌子底下,哪回还能站稳,就会揽过我妈的腰跳交谊舞(老姨不会为此生气)。他跳起舞来也派头十足,很像是电视剧里那些混迹上海滩的民国公子哥。不止是我,连我表妹(大舅女儿),也很喜欢他。但他跟老姨没孩子,我妈说,要是有孩子,他俩也不至于离婚。早年魏军是没有工作的,用我姥话说等于盲流子。我老姨死活非要跟他结婚时,被我姥揍过几个来回,结婚照里眉角还带伤。婚后,老姨求人托关系,才把魏军塞进了医科大学的动物室上班,工作是喂小白鼠、豚鼠、兔子、狼狗,养够秤了,就被上解剖课的学生接走。有年初二在我家过,我想跟他要一只兔子来养,被他拒绝。他醉着跟我说,工作不顺心,毕竟都是活物,落自己手里就是等死,总感觉作孽。我坚持问,兔子给不给?他捧起一盆毛蚶,一个接一个紧嗫,没再理我。可当晚饭桌上,明明摆着一盘酱狗肉,我妈咬定,狗是魏军回收利用的解剖课教具。那是我第一次觉得这个人挺虚伪的。

　　魏军突然起身,朝我走来,木盒被留在了锁匠面前,再细看,盒身挂有三把锁,三把锁头各不同。我冒出夺门而逃的念头,但又不能走,惊慌之间,魏军已经坐在了我的对面。魏军先开口说,阿超。我点头说,老姨夫。我单名一个"超"字,家里都叫小超,只有魏军叫我阿超。我上小学前,他去广州呆过半年,回来后就开始这么叫我,愣说显洋气。魏军说,刚才好像看见你爸了。我问,在哪看见的?魏军说,他往大西菜行那边走了,戴个帽子,肯定是他,老绿色的羽绒服,对不?我点头,对。魏军说,我认人最准了,你在这干啥呢?吃了没?我说,没胃口。魏军说,那我吃一口。他起身走到取餐区,捧一张盘子,每个保温炉都掀开来拣几样,堆满高高一盘,另端了碗粥,很快又坐回来,咬一口包子问我,真不吃?我摇头。你爸也下岗了吧?他吃着继续说。我问,你都知道?魏军说,这么大雪,路过那几家厂子全休息,大门都没开,他肯定不是去上班,按理说,学校也该放假,净折腾孩子。我问,你都路过哪几家厂子?魏军说,一阀门,鼓风机,三毛纺织,棉被二。我说,除了棉被二,那几家厂本来就黄了。魏军用舌尖撬了撬牙床,说,也是,没了啥都能过,但人不能不盖被。走了十一年,变化真挺大,昨天我去北富舞厅跳舞,步法都换好几茬了,差点儿没跟上拍。我反问,才十一年?魏军说,跟你老姨离婚是九三年,第二个月走的,大概其。我问,你去哪了?魏军说,先在日本呆了两年，名古屋，没赚着钱，后来去了美国，黑户被举报，又被人带去秘鲁，一呆七年，秘鲁你知道吗？我答，南美小国，首都利马，安第斯山脉纵贯南北，西临太平洋，热带雨林气候，盛产有色金属，森林和渔业资源丰富。魏军说，我就在利马，给超市送鱼。可以啊，阿超，书没白念，你上大学了吧？我说，复读了，第二次。魏军问，不傻不茶的，为啥非复读？爸妈逼你上清华北大？我说，能进京就行，每次都照第一志愿差几分，去年是答题卡涂串行了，活该。魏军说，你爸妈培养你不容易，尤其是你妈，打小没少花钱送你上补课班，奥数、英语、作文，一样没落，有一年为了给你交补课费，还跟我和你老姨借过钱呢，这事你不知道吧？我说，不知道。我妈离家出走了，人在哪都不知道。我以为魏军多少会追问，他却把话锋转回自己身上，说，刚才没说完，我最后一站是斐济，斐济知道吗？我无心应答。魏军说，太平洋岛国，睁眼就是海，那水一眼能望穿底，盯久了也心慌。有一回，我坐在海边，看见海面上盖着一层雪，我还纳闷儿，海里怎么还会下雪呢？再仔细看，其实是远远冲过来的一波海浪，泛起一长条沫子，太阳一晃，真像雪，我就知道是想家了。我低头看着电子表。魏军问，你有事啊？我说，再过几分钟得走了。魏军问，上学去啊？几点了？我说，八点二十。魏军说，那早就迟到了。我说，老姨夫，你是回来找我老姨的吗？她这几年又处了个男的，俩人搭伙过，我见过。魏军说，我也见过。我问，啥时候？魏军说，就昨天，那男的贼壮，比我还高。我说，所以你就是回来找我老姨的？魏军贴碗边吸溜着粥说，要说是，也不算，我回来找你老姨，不是为人，是为钱。他冷不防的直白使我愣了一下，十一年不见，虚伪的毛病改了，反倒走向另一个极端。魏军继续说，你老姨有钱，你家谁都不知道，包括你姥，要不她哪来的钱换房子？我说，老姨夫，我姥没了，你知道吗？魏军说，知道。我又说，我老姨在时尚地下有个床子，你知道吗？魏军说，不就是卖袜子吗？知道。那几个钱哪够买房子的？你老姨来钱比那容易多了，你家人，哎，一个个都蒙在鼓里，阿超，哎。魏军讲话专爱卖关子，我有数，他盼我问，但我没那闲心，八点半了，崔杨从不迟到。片晌无言之际，有"咔哒"一声脆响传来，魏军跟我同时看向锁匠，只见他举起一把被征服的锁头，朝这边晃了晃，另只手攥开锁工具，比了个"OK"的手势。我这才发现，餐厅内只剩下我们三人，外加油马甲，正不耐烦地收拾着刚刚那对母子的空碗碟。我问魏军，盒子里装的什么？魏军反问，真想知道？那你还着急走吗？我说，再等等也行。魏军说，那你应该听听我的故事，家里肯定没人跟你讲过，就算讲过也是假的。我告诉你，每个家里必须选出一个败类，剩下的人踩在他身上，才能活得踏实。以前我一直以为在这个家，你大舅才是那个败类，后来我才整明白，原来是我。

我没想到，他的故事竟要从那么久远开始讲起，开场白是"比你现在还小的岁数，我正在下乡"——大兴安岭——他故事的前半段，反复强调的部分，是关于他在大兴安岭的林子里，打瞎过一头熊。魏军比量着说，不是熊瞎子，是正经的黑熊，站起来有我两个高。枪是跟村里猎户借的，还他半盒老秋林点心。我瞅你眼神，是不太信，但这是真的，那头熊在我屁股上抓了一把，留下三道特别深的疤，我现在不方便给你展示，这个你回头可以问你老姨，她能作证。我问，那你跑林子里去干啥？魏军说，我要说杀人你信吗？我不说话，假装镇定。魏军摆摆手笑，唬你玩呢，我就是想打个野物，过年给村书上礼，争取优待。谁承想迷了路，一脚踩空掉进熊窝里，人家正冬眠呢，被一屁股坐醒，上来给我一下子，当时以为自己死了，翻身就一枪，正好打进它眼眶里，它掉头就跑，往后再也没在那片林子里出没。那头熊在十里八村挺有名，多少猎户遇上它都不敢打，说有灵性，通人气儿了。虽说也后怕，但也不能赖我，狭路相逢，不是你死就是我亡。伤口后来严重感染，县里卫生所治不了，给我送回城里的大医院，趁机就赖着没回去，因祸得福了。

　　熊的故事讲完，已经九点过了。崔杨仍没出现，我心急如焚，越来越不安。我想给崔杨打个电话，但是我没有手机。为缓解紧张，我手欠开始揪桌上那朵玫瑰的花瓣。魏军已经吃光整盘食物，突然盯起我的手说，指甲这么长，该剪了。我没应声。他又问，有对象了吗？我还是不应，撒谎不是我的强项。魏军说，我认识你老姨那年，二十三岁，你猜我俩怎么认识的？你姥爷，是个酒蒙子，你知道吧？我说，我都没见过我姥爷。魏军纠正，他死那时候，你都出生了，只是你还没记忆。你姥爷当年在粮站上班,监守自盗,偷公家的粮食酒喝,一下午能整一斤,那天没拿捏好,空嘴喝了一斤半,出门就倒马路牙子上了,突发脑出血,差点儿死了,正赶我路过,给他背回的家。到家是你老姨开的门,打那以后,她就开始倒追我。她比我大三岁,冲这点,她也配不上我。这话我不爱听,打断说,我老姨漂亮,你当时还没正经工作呢。魏军说,你还年轻,这个道理还不懂。你跟你对象,是谁追的谁?我迟疑片刻,本来这话跟魏军说不着,但我马上就要走了,说了也无妨。我说,应该算一见钟情,论起来还跟我老姨有关系。有次补课,正好在时尚地下附近,老姨叫我下课去帮她看一阵摊儿。我女朋友就在她斜对面,卖指甲油。她看我无聊,拿扑克给我算命,就认识了。魏军问,她多大啊?我含糊说,二十出头。魏军说,那也比你大。女人比男人大,是麻烦,漂不漂亮都一样,将来你就懂了。我说,老姨夫,我想借你的手机。

"嘟——"了许久,电话始终没人接。这下我彻底坐不住了。雪这么大,兴许陷在路上了?我安抚着自己,崔杨是不可能骗我的,根本没理由。魏军问,等你对象呢?我点头。魏军说,到底有啥大事,非赶今天?我说,老姨夫,你跟我老姨离了婚,理论上咱俩不算一家人了,这事跟你没关系。魏军说,我是长辈,你到啥时候都不能这么跟我说话。我说,不用你教我。魏军说,我是在教你做人。我看魏军的脸色不像在唬人,开始有点怕。魏军又说,咱俩今天能在这碰上,不是平白无故的,你还不懂呢？你有大事要办，我也有——你不用这么看我，毕竟我是过来人——老天既然安排咱俩坐下来，肯定有它的目的，咱俩最好以诚相待。魏军把手机揣回口袋，继续说，当年我其实没想结婚，但你老姨怀上孕了，我不能不要她，可惜孩子最后没保住，这事你们家谁也不知道，你还是头一个。我说，我老姨被你害得不轻，我姥，我妈，都这么说。魏军说，她们看到的都是表面，你爸怎么说我的？我说，我爸从来不爱表态，但他应该不烦你。你爸是个好人，层次也挺高，不是俗人。魏军说着，摘下前进帽，原来他有点谢顶。我问，我爸怎么了？魏军说，作为男人，你爸有真本事，要是生在别的年代，兴许能成大事，可惜他这辈子，也是被你妈耽误了。你少提我妈。我怒着说。魏军说，你也不用生气，我说的都是实话，孩子本身也是耽误，你也有责任。

木盒的第二把锁被打开时，我正被气得双手发抖。转眼已经十点多了。魏军在我面前，也朝锁匠比了一个"OK"，神情颇得意。我忍无可忍，又问，盒子里到底装的什么？魏军说，啊？我说，盒子，别演了。魏军说，就是那把猎枪，我后来没还回去。他的口气若无其事，把我当傻子。我说，不可能，猎枪不止那么短。魏军说，枪管锯了，枪托也锉掉半拉，方便藏棉袄袖子里，那年还在武斗，204干307，派上过用场。我听不懂，一头雾水。魏军说，那年代的事，你肯定不懂，大东204，黎明发动机厂，我的厂。最早我也是工人，后来碰上严打，聚众械斗被开除。你姥对我有偏见，就因为这点事。结婚以后，我本来是想带你老姨一起去广州，但是你老姨舍不得她在卫生所的工作，不乐意走，我自己去，她又不同意，但我最后还是去了，她就拿离婚吓唬我，她还真以为我是怕离婚才回来的，其实我是被人骗了，欠债没地方躲。你老姨这个人，从来都自以为是。

　　自以为是的人，应该是魏军才对。老姨作为全家生活最好的人，不仅有本事保住卫生所的工作，领一份基本工资，外面还支起一摊儿，舒舒服服，换完男人又换房。相反，魏军身体力行了他的无能，老姨当年没跟他去广州显然是明智的。老姨还有一个为人津津乐道的成就，那就是很早便去过香港，早在九七回归前，也是那一次，她发现了魏军在广州搞破鞋的证据。那是一个暑假，某天我从楼下玩回来，老姨也从香港玩回来，跟我妈俩人单独喝酒，眼角带泪。这场面没领略过，我假装进厨房拿绿豆汤，偷听她们在说什么。听到老姨说，姐，香港老繁华了，该怎么跟你形容呢，反正那些高楼，你要见着，腿都得哆嗦。我妈说，说正事儿，你逮着现形了？老姨说，我得捋着讲啊，跟卫生厅的领导吃完饭，一起去了维多利亚港，海边有照相的，二十块港币一张，坑人，但咱们谁也没带相机，正商量要不要花钱照一张，派我上去讲价，我这一看，照相那人立的广告板上，贴着魏军跟那女的合影呢，我怕看走眼，摘下来仔细端详，操他妈，这逼还挺上相，怀里搂着那女的。我妈问，那女的多大岁数？老姨说，老逼一个，得有你这岁数了，长得也挺砢碜。我妈说，你骂她就骂，带上我干啥？老姨说，姐，我想杀了他俩。我就听到这，被我妈发现，撵回了屋，绿豆汤灌在小可乐瓶里，一口闷，透心凉。被人欺骗的感觉，应该是透心凉。

我在想的是我跟崔杨。我确信自己这辈子都不会欺骗她。假如此前我对崔杨的感情还停留在喜欢,在我决定与她私奔的一刻,已经晋升为爱了。人不该欺骗自己的爱人。我的床头有一本印度人写的心灵类书籍,书是中考那年我妈送我的,后来常被我翻来抄金句,写作文实用。几天前才记住一句新的,大意是,失败者才热衷说教,成功者只陈列事实。这句话套用在魏军跟我身上,应该算贴切,尽管人的感情不能粗暴地以成败来衡量,但他正是前者,前者最大的成就感来自拖后者下水。我不会被任何人拖下水,谁都别想得逞,因为崔杨永远会拉我上岸。

十点半了。雪仍没有要停的迹象,天色很催眠。油马甲刚刚一直趴在角落里的桌上睡觉,醒来憋一脸气。门外的积雪,彻底漫过台阶,就算此刻是崔杨走来,也会被淹至大腿——崔杨身高一米七三,是我见到过的腿最长的女孩,电视里那些模特不算。我突然想起来,我跟崔杨好了近一年,还不知道她家住哪,所以只能坐在这里被动地等待。我好像也没问过她父母是做什么的,她也从没主动讲起过。爱一个人,并不一定要有多了解。我是这样以为的。魏军提醒我说,吃口吧,剩菜开始撤了。我说,不饿。魏军问,你性格随谁多?我觉得是你爸。你妈其实性格挺开朗的,就是脾气不好,你姥家人脾气都不好,主要是女的,你大舅不光窝囊,还蔫坏。你爸内向,有啥事都憋在心里，我看你更像他。我问，你说我爸他到底有啥本事？魏军说，你爸以前当过兵，这你知道吧？我说，知道。魏军问，什么兵种，知道吗？侦察兵，参加过战役，枪林弹雨。我说，没他听讲过。魏军说，原来我也不知道，我二哥有个同学，跟你爸以前是战友，命是你爸从战场上救回来的，对你爸感恩戴德。他跟我讲，你爸是尖兵，丛林战，神出鬼没，枪法也准，立过大功。后来转业进了厂子，本来领导是想提拔他，但你爸脾气太犟，从厂长到书记得罪个遍，被人打压了半辈子。我说，我就知道他会拳脚，打架没吃过亏。魏军说，废话，你爸以前是杀人的。油马甲走来打断我们，泄愤道，你俩走不走？早餐结束了。魏军反问，走咋地？不走咋地？油马甲说，走就走，不走就得点午餐，不点不能坐这。我问她，午餐都有什么？油马甲答道，便宜的有沙拉、汉堡、意大利面，买杯饮料也行。魏军说，啥意思？吃不起吗？最贵的是啥？油马甲说，牛排，八十八一份。魏军挥挥手说，来两份。他又看了一眼锁匠，说，来三份，给那个人也上一份。油马甲说，先给钱。魏军对我说，阿超，你先给，等我拿到钱就还你。我没反应过来，乖乖掏钱，兜里仅剩一百多。油马甲说，找你三十六。我问，有啤酒吗？油马甲说，十八一瓶。魏军说，抢钱啊？我说，来两瓶。油马甲说，正好不找了。旋即走掉。魏军脸上这才露出一丝难堪，说，阿超，一个男人出门在外，还是应该多带点钱，穷家富路。我说，老姨夫，省了吧，钱也不用你还，咱俩恐怕以后再也见不着了。魏军说，我也确实遇到了难处。我说，为什么总是你遇到难处？

魏军说，人生就是这样，有起有落，你正好又赶上我落了，等我拿到钱，一定会再起来的。油马甲拎着两瓶啤酒跟两只玻璃杯回来，起开，倒酒，魏军那杯溢出了酒花，他及时抿了一口，问我，你酒量随你爸吗？我说，不知道，还没喝多过。魏军问，第一次喝酒？我说，第二次，我爸管得死，考上大学以前不让喝。魏军说，都是大人了，找机会应该喝多一次，探探底。

我第一次喝酒，本来可以是跟我爸的。就是一年多前，我妈消失以后，我第一次复读。当天周六，我陪我爸去七院做体检，他本是个从不留意身体的人，那次是因为曾经的工友上访，告书记贪污买断金，导致个别主动下岗的先进个人受骗，书记为了安抚情绪，答应给上访各位报销一次体检，也带我爸一份，虽然他本人并没出现在上访的队伍里，但他确实是先进。抽血的时候，先是个年轻的实习护士上手，看着岁数跟我差不多，抽至半管，血说啥也上不来了，急得一头汗，说，不好意思啊大叔，我去叫护士长。护士长来了，重起一针，飞速完活，拿着一管血就走了。对此我很大意见，在去吃羊杂汤的路上，跟我爸说，应该把医院也上访，业务不过关。我爸说，花一管血的钱，抽了一管半，按照市场经济学理论，我觉得是赚了。我知道他是想开个玩笑，但我并没觉得好笑。我爸点了一盘羊肝，给自己补血，就着啤酒。我喝一碗羊汤，味道过膻，盯着他手中的酒杯，大胆提出，也想喝一杯。我爸顿了一下，说，还没到时候。我说，我都十八了。我爸说，几岁了也不代表你就是男人，再等两年。最后的体检结果，我也没问过，但至少在视觉上，我爸好像永远都不会变样子，疾病懒得找上他。此后倒有听他提起，几个从小看着我长大的叔叔阿姨，在那次体检中查出了癌症，上访没要到钱不说，反倒赔上命。我爸嘴上不说，但有意开始锻炼身体，每天早起去八一公园里甩鞭子，还认了位师父，又拜托仍留在厂里的徒弟，打造了一条称手的钢鞭，自己往鞭头上绑红缨。徒弟没好意思要钱，反正料都是厂里觅的，也没人管。那条钢鞭应该是我爸这辈子侵占公家的唯一财产。吃完饭，我爸提议带我去八一公园遛遛，参观一下他每天锻炼的场地。到地方发现，开阔的空地上，凭空出现数个方方正正的巨大冰块，间距规整，一半已经有了造型，像是巨人下的国际象棋。走近了，才发现最中心的那块，正有个男人对其进行艺术创作，凿着一个岳飞，说赵云也行。冰雕展啊。我爸嘀咕。而我讶异的是，雪还没下，冰哪里冻的？我爸说，可能从更冷的地方运来的，哈尔滨、漠河，也可能是西伯利亚。我随我爸上前，他问男人，空地要占多久？男人凿着冰块说，五个月起码，冬天多长我多长。我爸像是自言自语在说，五个月我都不能甩鞭子了？男人嘴欠道，甩个鸡巴，操。我爸就把他给打了，夺过他手中的凿子，骑在身上，准备朝脸下手的一刻，又突然停住，从他身上下来就走了。全程我一动不动，没有任何反应，最后跟在他屁股后面一起走，看着他放松着自己的右拳，关节上还沾着陌生人的血。

一瓶酒快下去了，魏军比我慢。锁匠此时捧着木盒来到桌前，向我跟魏军展示，中间是把密码锁，得用锯，电锯。我观察，密码锁有四列数字拨轮，看上去固执而可靠，虽然我数学最差，但也知道，若凭排列组合来解，至少也得一年半载，看来它难倒了方圆五里内唯一的锁匠。魏军说，你看我长得像电锯吗？锁匠说，别跟我抬杠，是真没招儿了。我建议道，为什么不直接把木盒给锯开？魏军说，盒子是古董，明清物件，值不少钱。随后对锁匠说，那你就找个电锯。锁匠说，你他妈泡我呢？我问，锁是谁上的？魏军说，你老姨。我说，我老姨生日多少？魏军说，试过了，不对。我问，你自己的呢？魏军摇头。本来应该担心崔杨的我，莫名对这把锁起了兴致，上手试了一下我姥的阴历生日，也不对。油马甲此时端来两份牛排，两整块平摊在盘子上，黑漆漆，淋着酱汁，旁边点缀着胡萝卜片，两副刀叉攥在她手中。锁匠目不转睛，口水快流下来。魏军说，你也有份，回那桌吃去，继续钻研，自己想办法。锁匠说，加八十块钱。魏军说，那你还得找我八块呢，牛排就八十八。锁匠操了一句，端着木盒坐回去，赶上他的牛排正上桌。

魏军问我，吃过牛排吗？我诚实回答，第一次。魏军动刀切牛排，说，这玩意儿在秘鲁特别便宜，南美洲产牛。我也启动，却怎么都切不开眼前的牛排，烦躁无比。魏军已经进嘴，嚼着说，整老了，一般得问几分熟。我说，你总吃吗？魏军说，我记得第一次吃，还是带你老姨，就在彩电塔顶上的旋转餐厅，老贵了。那天你老姨过生日，想说带她潇洒一把，登高望远，观赏一下城市夜景。我问，你俩那时候感情还挺好？魏军说，好是好过，谁跟谁一开始都好过,都是后来不好的。我说,肯定有一直好的。魏军说,反正我没见过,过到最后都一样。我问,离婚是因为真的一点感情都没有了?魏军说,感情多复杂啊,现在给你讲,你还是听不懂。就拿我跟你老姨举例子,感情有过吗?有,现在也有,感情不是牛排,能一刀切。但是你老姨后来是真疯了。我打断道,她确实脾气不好,那你也不该这么损她。魏军继续说,她想要我一辈子对她都跟刚搞对象一样,你觉得可能吗?那不是疯了是啥?哪有人是一辈子不变的?

生气,我的刀子太钝,牛排毫发无伤。我不知道自己是不是被他气花了眼,眼见自己的指甲长出有一寸长,几乎媲美花大姐。一怒之下,我直接上指甲割牛排,竟一劈两半,再试一下,四分之一块又下来,顺势用指甲扎着送入口中,就着酱汁塞满嘴。魏军埋头吃,完全没注意到这一幕的发生。我怀疑自己是醉了,空腹喝酒容易醉,可再次用指甲蹭一下自己的脸,仍觉尖利无比。魏军低头吃着说,你老姨这个人,什么都想要。她想有故事,又想要过日子。但是人不能贪心啊,只能图一样,我只会讲故事,过不了日子,讲完了故事我就该走了,可你老姨不放我走,最后完全变歇斯底里了,女人疯起来比啥都可怕。这回换我低下头,刚刚已趁他不注意,用指甲把剩下的牛排全部分割成了小块,换回叉子依次送入口中,机械地咀嚼。魏军抬头,端起啤酒说,我知道,你现在正是谈恋爱最热乎的阶段,我这些话你肯定听不进去,但是我告诉你,生活,感情,都是一个圈,最后没有谁能跳出去,等你在里面打转,转到我这个岁数，就全都懂了，但是也晚了，所以我现在跟你说这些，让你早点明白，到时候就没那么难熬。我回来以前，顺道去了趟辽阳，周边有个清水观，住了个老道，传说看事儿特别灵，我去找他看，问我这一把能不能成事，你猜他跟我说啥？他说，你老姨跟我，上辈子有血海深仇。我回来一路上就合计，挺有道理的。你知道我刚才突然冒出个啥想法不？我觉得，你老姨可能就是被我打瞎的那头熊，找我报仇来了，我又想起来，她认识我以后，右眼睛就得病了，飞蚊症，老有黑点在眼前闪，看大夫又说没啥毛病，犯不着手术。那头熊，被我打瞎的就是右眼。阿超，你信这个吗？我极不耐烦道，你别说了，我脑袋疼。魏军说，咋了？一瓶啤酒就上头了？我说，不知道。我飞速咽下最后一口牛排，把双手藏在桌子底下，指甲抠着膝盖，能感觉到裤面被拉出线头。魏军主动掏出手机，问我，要不你再打个电话？我不想伸手，推脱说，你帮我打吧，刚才那个号。魏军略惊讶，按下拨通。我把头扭向窗外，雪太大了，窗玻璃与远处间，仿佛又聚集了一层浓雾，雪中的一切都被折射得变了形，已经无法借光来分辨时辰。魏军放下手机，说，关机。我不敢相信。魏军又说，可能是手机没电了。我看表，差五分十一点。我不知道该说什么，只觉两脚发软。此时又有两个身影推门走进，第一眼我居然没看清，闭上眼再睁开，是两个九中的男学生，就是早上来过那两个，背着书包，坐的也是早上那张桌。油马甲上前，招呼他俩的态度明显温柔不少，看来是常客，早午饭都来蒙地卡罗，说明他们的家庭条件也非同一般。

两人点的是意大利面跟咖喱鸡肉饭——我不明白为何自己可以听得清他们说的每一个字,彼此的距离明明隔着最远的对角线。我听见,两人又分别要了可乐和雪碧,然后聊起了花大姐。一个说,花大姐死了,尸体在上午被警察发现,就在九中后门的那条胡同里,脸朝下趴在雪地里,后脑被凿开个大洞。另一个纠正说,不是上午,昨天晚上就死那了,血都冻成了冰坨子,刨锛党干的。第一个问,刨锛党是啥?第二个又说,这都不知道?拎把锤子尾随你,有时候在楼道里蹲着,等你进了没人地方,一锤子直接干死,抢钱。第一个说,操,花大姐又没钱,干死她图啥?第二个说,我他妈咋知道?可能就烦她?油马甲插嘴道,这礼拜死了三个人了,全是脑袋被开洞,反正你们都小心,天黑前回家——我问魏军,你听得到吗?魏军反问,听啥?我说,那两个学生说话,跟那个服务员。魏军说,上哪听去,顺风耳啊。我说,雪太大,提前放学了,他们刚才说的,还有花大姐,刨锛党。魏军看着我,好像我在说疯话。我有些迷惑,再看窗外,九中门前,一个个橙黄色身影陆续从校门里出来,星点四散,像一袋苞米粒撒在了白布上。坦诚地说,我偶尔也会忍不住想,假如我与崔杨的爱情是发生在校园里,而不是时尚地下,至今会有不一样吗?或许那会是一场更妥当与不容置疑的恋爱,故事从开篇到结局,一眼望穿底,像斐济的海水。可惜崔杨初中就退学,对校园并没留下太多好印象,连同对这座城市也积生怨念,总说想要出走,直到遇见我。反观我的人生(倘若可以称之为人生),就只有校园,唯独能算出格的,也只是一个滑稽的初吻——这么说可能对田斯文不太尊重。二次复读转插新班,田斯文作为我的同桌,几乎是我在班内唯一有交流的人。相熟不久后,她曾给我递过一封语意模糊的情书,惨遭班主任毕老师拦截,先被训哭的人是田斯文,随后我被单独叫去办公室。错不在我,所以内心并无波澜,直到毕老师对我说起,我爸暗地里替我申请特困生的事。毕老师很厉害,她精通如何把学生推入羞耻的火坑,再给你一根绳。田斯文的父亲在市委工作,母亲是大学老师。毕老师像在读一段课文的旁白,我才听懂,她同样对我的家境了如指掌。她说,你要过河只有一座桥,这座桥,也是你爸躺下去拿身子铺出来的。当天放学,我突然很想喝酒,刚走出校门,想找公用电话打给崔杨,被突然窜出的田斯文拦在身前,一个吻撞向我的双唇,肇事者便慌张逃跑了。说滑稽,其实也不为过。

  崔杨带我去领事馆对面的那家酒吧,才是我人生第一次喝酒。据说那是全市最早的西式酒吧,开给那些在领事馆工作的外国人的,也常有民航的机长跟空姐们来消费,酒水卖得贵。崔杨替我点了杯鸡尾酒,"sex on the beach",橙黄色,明亮而后劲足。我问崔杨,是不是也是第一次来?她点头,但我见她在吧台跟酒保说话时的神情,怀疑她撒了谎。我们坐在靠近小舞台的桌上喝酒,过了九点,一个菲律宾女人登台,在乐队伴奏下唱了几首英文歌。其间,我一言不发,崔杨也不逼我说话,但她的眼神一直在飘离,中间与一个四十岁的白种男人目光相撞，对方毫不遮掩地向她飞眼，尽管她试图躲避，但中途有两次忍不住回看，被我发现。我突然感到很难受，并不是因为崔杨的着装有些刻意，乳沟若隐若现，而是因为那个男人行为背后的动机，一定因为我看起来像个孩子。明明就是个孩子，从内到外裸露着最原始的自卑。我跟崔杨说想回家。她结了账，牵起我的手，出门打了一辆车。往常约会，总是她先送我回家，那一天我不想，坚持先送她。崔杨突然抓起我的手，十指紧扣说，不然今晚都不回去了。我默默点头。崔杨开始指挥司机，掉头朝一家快捷旅店奔。可笑的是，当晚我们换了四家旅店，都没能入住成功，赶上全市正在严抓住宿登记，而崔杨跟我，两个人都没带身份证。崔杨提议，去火车站前的黑旅店，肯定有空子可钻，然而我已丢了兴致，决心回家。崔杨问我，你是第一次吗？我不会撒谎，承认，想要反问她，又憋了回去。最后还是先把我送到了家，崔杨跟我一起下车，执意送我上楼。我说，我爸在家，灯亮着呢。崔杨说，放心，不到门口。我拉着她，一步步登着台阶，故意放轻脚步，不想让声控灯亮起，光会害我软弱。我家住六楼，走到五楼的缓步台时，崔杨的手突然从身后将我拽停，凑近我耳边说，用手帮你，好不好？我没做声，老老实实地往角落里又退了一步。行至中途，楼下有人回家，关门声唤醒了声控灯，那光亮虽然仅有七八秒，却令我感到无比漫长，我忍住不低头看自己，也没有看崔杨的脸，直到再次被黑暗牢牢地抱紧。最后崔杨帮我系好裤子，说，下一次，等下一次。

我无比想念崔杨，想到发疯，仿佛我们已经失散多年。而在我面前坐着的，却是吃相难看的魏军，一个自大、虚伪、落魄，谢了顶的男人。他面前的盘子又一次清空，玫瑰花瓣铺散在下，仿若刚刚完成了一场祭祀。我不确定他之前是不是一直在说话，因为传进我的耳中有些前言不接后语，他在说，我姥爷还活着的时候，其实最欣赏他，临死之前，留了样东西给他跟我老姨。魏军加重语气，说，是一小盒金子，真的金子，就是那个木盒。非整理一遍的话，魏军等于又讲了一个故事（姑且称之为故事）：我姥爷的爸爸是资本家，当年被抄家，偷偷保住了一盒金子，交给我姥爷藏起来。等到姥爷的爸爸死了，他也把脑子喝坏掉了，竟然忘记了金子被自己藏在哪，临死前回光返照，突然又给想起来，正巧当时轮到魏军跟我老姨陪床。魏军自己复述，一方面，我姥爷最心疼我老姨，毕竟是小闺女，另一方面，也想报答当年魏军的救命之恩，于是把藏金子的秘密地点告诉了他俩，还嘱咐不要跟任何人说，连我姥都不给，金子就是属于他们俩的，交待完，人就咽气了。后来我老姨真把金子给找到了，自己又藏起来。曾经两人感情还顺遂的年月，遇过几次难处，都是我老姨拿出一点金子来，去荟华楼换了钱才渡过去的。幸好我老姨留了个心眼儿，始终没让魏军见过金子的真身，只将带回了空木盒，还将他最放不下的那把枪锁进去，以此限制他不许再出去瞎混。

这个故事根本无法令我信服。我问他，这就是你说的，你要办的大事？魏军承认，木盒是从他跟我老姨原来那个家的地窖里偷出来的，他知道一直藏在那里，可就是没翻到金子。魏军说，阿超，你是个明白孩子，你给评评理，金子是不是该有我一半？我说，你找金子，非要那把枪干啥？魏军说，我跟你说实话，你能不能也跟我说实话？我说，成交。魏军说，金子肯定还在你老姨手上，就算她买了房，养着男人，肯定也还剩不少，我去要，以她的脾气，肯定不会痛快给我，她不给，我得抢，动刀唬她，毕竟做过那么多年夫妻，还是了解，你老姨不是要钱不要命的人，但这是我本来的计划，直到我发现她有了那个男的，偷偷跟踪了一天，俩人基本形影不离，我找不到机会下手，那男的比我高，比我壮，看样子像练过点拳脚，我不是对手，就算动刀也不管用了，反正等不起了，那就只能动枪。我反问，所以你是要杀人？魏军说，我又没疯，我只要金子，枪是手段。我说，明白了。魏军说，我跟你交底了，就是不怕了，雪一停，我就要动手，不，等那道锁一开，拿到枪，我就动手，反正你也没机会给你老姨报信了。我说，你们的事，我管不着。魏军似乎是为了讨好我，问道，要我再帮你打个电话吗？我手机也快没电了。我想了想说，不用了。魏军说，你就没有想过，你等的人可能不会来了呢？你们两个约好了私奔对不对？我问，你怎么知道？魏军说，一看你这个背包，我就知道了，你整个人，就是要出远门的样子，我说了，我是过来人，我出过很远很远的门。阿超，你知道外面的世界多危险吗？你知道前边有啥在等你吗？怎么说，我也是你的亲人，我不会骗你。听老姨夫一句劝，雪停了就回家去吧。

我不想再跟魏军多说一句话,看去锁匠那边,不知何时,两个男生竟被密码锁吸引了去,并排站在锁匠身后,替他出着主意。我还是能听得清亮,他们建议把注意力重新集中在密码本身,早已满头大汗的锁匠动摇了,采纳建议,刚试过"0000"和"1111",便又丧失耐心。其中一个男生安慰道,不少人用密码锁都不会改出厂设置,万一碰上个傻子呢。锁匠甩手说,光会逼逼,你来。另一个男生迫不及待地接过手,开始转齐四个"3"。窗外,一声警笛穿越长街,两辆警车随后从蒙地卡罗门前驶过。可能又有人死了这件事,也没能稀释他们三人的专注。刨锛党兴许已改为白天作案,谁知道呢,只要我们都没在街上,也没在夜里,暂时就都是安全的。时间来到正午十二点,上天似有意颠倒黑白,空中闪现星光的错觉。我倏忽想,我爸是否已经进到某一户温暖的人家里干活儿了呢?他身上那件羽绒服好多年没换过了,前胸跟后背早就磨成两层布单,一道长风就能将他整个人穿透,假如他仍在外面,我想他根本无法抵御这场大雪,除非他是一头熊。

魏军仍在我对面絮叨着,但我早就把耳朵关闭,他就变成哑巴,舞舞扎扎的样子很愚蠢。我不用听也能猜到,他无非是在讲地图上的那些山峦、江河、丛林、沙漠,以及蛰伏其中的野兽。跟所有人一样,他想拿这些来吓住我。世人都怀疑我,怀疑我的爱情,怀疑我未来的人生能否跳出那个所谓的圈套,同时心底里却早挖好了一个否定的答案,静待我跳落。没关系。我甚至替他们感到可怜,是他们自己放弃了战胜一切质疑与恐惧的机会。当我再认真端详魏军，他整个人正一圈圈地缩小着，这变化很细微，只有我才察觉，竟然有那么一丝想笑，我能感到自己的嘴角在不自觉地向耳根咧着。魏军看我的眼神突然变得惊恐无比，嘴巴大到能撑圆一个盘子，一声尖嚎逃出他的喉咙，这下我又对他敞开了耳朵，那嗓音果然令我厌恨。与此同时，锁匠捧着木盒快步走来，盒盖敞着，枪当真躺在其中，两个学生成功了。而锁匠看我的眼神，比魏军还要夸张，仿佛吓破了胆，我这才抬手摸自己的脸，终于觉出不对，首先不是脸，而是我的一双手不再是手，那是一副利爪，手背覆满长毛，左腕上的电子表也不见了。

正午漆黑，窗玻璃被衬成镜面，映照其中的是一颗熊的头颅，尖嘴鼻，圆眼，耳朵竖着，利齿龇出牙床。我扭回头之际，枪已对准我的眉心，我借助两只爪子支撑桌面，猛地立起身，一口吞下魏军的头，没等他有机会扣扳机，那颗头已经脱离了自身躯干，鲜血如喷泉一般，从碗口大的脖腔射进天花板里。一旁的锁匠滚躺在地，想要起身逃窜，也被我一口咬断脖颈，没了呼吸。我起身离开座位，一时还无法适应这副新身体的平衡，脚步沉重，跟跟跄跄地站到了餐厅的中央。两个男生已经不见了，好像从未来过，只留下一扇大敞的门。油马甲正蜷缩在角落里，瑟瑟发抖，我无意理会她，试着把前爪也落在地上，四肢行走，一步一步地迈出了蒙地卡罗的大门，来到了十字路口的街心。大片的雪花一层层地攀上我的毛发。我愣了一会儿神，再度活动起四肢，终与身躯更为融洽，随即开始向家的方向狂奔。我饥饿难耐，再多几颗人头也恐难果腹。我在风雪中思考着，我应该先回家，再等我爸回家，跟他好好谈谈，告诉他，我注定是要远走的，不管有没有崔杨，我都是要走的。假如他不同意，也许我别无选择，只能将他也吞掉，连同他毕生的委屈与苦难。假如他能理解，我们父子俩可以分食了那一盘蛋炒饭，再做个郑重的告别。再接下来呢？我还没想好，但可以确定的是，无论崔杨来与不来，这都不会是我人生中的最后一场大雪。

郑执，青年作家，辽宁沈阳人，1987年出生，大学就读于香港浸会大学，毕业后留港工作。